きみは世界一の
ホットドッグ職人になれるぞ

# 天使たちの課外活動8

## ガーディ少年と暁の天使（下）

茅田砂胡

*Sunako Kayata*

C★NOVELS Fantasia

口絵・挿画　鈴木理華

# 天使たちの課外活動8

## ガーディ少年と暁の天使（下）

# 11

エリクソン夫妻と会食してからしばらく経った頃、パラデューの元にソフィアから連絡があった。

「実はあの……今日はお願いがありまして……」

歯切れの悪い、困惑した口調だった。

「無理なお願いであることは承知しておりますが、うちの孫娘に、ぜひとも義理の息子さんのお料理を食べさせてやりたいんですの」

「ほう?」

パラデューも察しのいい人間である。

この『お願い』が先日、自分たちをテオドールの店に招待してくれとジャンヌに頼んだものとは違う意味合いを持っていることを、ソフィアの口調から敏感《びんかん》に感じ取っていた。

「お孫さんには何か、普通には来店できない理由があるのですかな?」

「そうなんです。孫はまだ十歳なので……」

なるほどと思った。そんな子どもは正式なコース料理を提供する夜のレストランには入れない。

ソフィアは上流階級の女性だ。社交界の決まりを知らないはずはない。

だからこそ、『無理は承知のお願い』なのだろう。

こちらを気遣《きづか》う申し訳なさそうな口調ながらも、切羽詰まった様子で言ってきた。

「お昼も営業しているとばかり思っていたんです。ホテルのレストランは普通そうですから。ところが、ジャンヌに訊《き》いたらお昼は営業していないとかで。何とか、お昼にお願いできませんでしょうか?」

「そう言われましても……困りましたな」

あの店に関してはパラデューも管轄外《かんかつがい》だ。

自分の一存で返事はできないが、あの店には今は使っていない二階の個室がある。

可能性の一つとして言ってみた。

「夜の営業中に、特別にお孫さんを通すことなら、もしかしたらできるかもしれません」

「いいえ。それはいけません。おたくのお店は家族向けの飲食店とは違います。正式な晩餐《ばんさん》を提供する高級料理店に、十歳の子どもが出入りするなんて、そんなご迷惑は掛けられませんわ」

熱心に言って、ソフィアは残念そうに洩《も》らした。

「本当は……娘の家まで来ていただいて、お料理をつくっていただくのが望ましいのですが」

「昼にですか？　それは難しいですな」

断言したパラデューだった。

「わたしは料理は専門外ですが、あれだけの料理を用意するためにテオは朝から厨房《ちゅうぼう》に入っています。途中で抜けることなどできんでしょう」

「もちろん。わかっております。ですから、何とかお昼にお店の営業をお願いできませんでしょうか」

パラデューは失笑しかけて、飲み込んだ。

正式な晩餐を出す飲食店に子どもを行かせられないという自分の規則は破れないが、店側には臨時の昼営業という規則破りをしてくれと頼んでいる。

しかも、夫人本人は、至って常識的な頼みごとをしているつもりでいる。

上流階級の人々に顕著《けんちょ》な特徴《とくちょう》だった。特別扱いをされることにも、求めることにも抵抗がないのだ。

軽く咳《せき》払いして、パラデューは言った。

「失礼ですが、お孫さんにはもう少し大きくなってもらうまで待ってもらってはどうですかな？」

「いえ、それが……」

ソフィアは言いにくそうに口ごもった。

「……待てないんですの。そちらのお料理でしたら、孫もきっと食べてくれると思うんです」

「どういうことです？」

「お恥《は》ずかしい話ですが、孫は好き嫌いが激《はげ》しくて、娘もほとほと困り果てておりまして……」

「十歳のお子さんならば、多少の好き嫌いは致し方ないことなのでは？」

「いいえ、多少ではないんですの」

ソフィアの話によると、孫娘はもともと食の細い子どもだったらしい。

らしい、という曖昧《あいまい》な表現なのは、父親も母親も娘の食事の様子を知らなかったからだ。

家には料理人がいて、家族の食事をつくっている。そして忙しい両親は滅多《めった》に子どもと一緒に食事は摂《と》っていなかった。

これも上流階級では珍しくないことだが、端《はた》から『問題あり』と指摘されてしまったのでは話は別だ。

「学校から、孫が昼食を食べていないと指摘されて、初めて気がついたらしいんです」

「まったく食べないいんですか？」

「いいえ。多少は食べているようです。学校からの連絡も『やや気になる』という程度の、いわば注意段階だったようですが、このまま放置しておいたら、次は『看過できない』という訓告の段階になります。

成長期なのに、そんなに少ししか食べないなんて、身体によくありません」

娘は普通の体格だったので、両親とも驚いた。

慌《あわ》てて家の料理人に確認して、初めて娘の小食と偏食《へんしょく》を知ったそうだ。

「お嬢さまは何をお出ししても気に入らないものは手を付けてくださいません。グラタンやハンバーグ、シチューはお好きなようですが、それだってほんの一口召しあがるだけで、後は残されます」

つまり野菜や魚料理には見向きもしない。

どうしてご飯を食べないのかと両親が尋《たず》ねると、『美味《おい》しくないから』だという。

ソフィアはほとほと困り果てた様子だった。

「……そんなはずはないんです。娘の家の料理人は一流ホテルの料理長を務めた人ですし、孫の学校のビュッフェも本職の料理人がつくっていますのに」

何とも贅沢《ぜいたく》な話である。

しかし、孫娘は美味しくないから食べないという。

「お医者さまに見せても、単なる偏食で、病気ではないのだから治療はできないと言われてしまって、娘もすっかり参っているのです。とにかく、まずは孫に食事が美味しいということを気づかせなくてはどうにもなりません」

夫人にしてみればテオドールの料理が最大にして最後の希望《きぼう》なのだろう。必死の様子で訴《うった》えてきた。

「そちらのお料理でしたら間違いはありませんもの。孫も必ず食べてくれるはずです。パラデューさん、ご無理を申しあげているのは重々承知しております。ですが、お願い致します。何とか、孫に食べさせてやってもらえないでしょうか」

パラデューは困ってしまった。

事情が事情だけに、無下にも断りにくい。

ひとまず夫人を待たせて、レストランに連絡した。

こんな時もあの青年の存在が実にありがたかった。

「……というわけなんだが、どうしたものかな？」

「ちょっと待ってくださいね」

ルウはテオドールに何か相談していたようだが、やがて予想外のことを言ってきた。

「奥さまと直《じか》に話せますか？」

「わたしも参加していいかな？」

「もちろん。そのほうがありがたいです」

そんなわけでパラデューは自分の執務室《しつむしつ》の端末をホテルとエリクソン夫人、双方に繋《つな》いだ。

ルウが夫人に挨拶《あいさつ》する。

「臨時支配人のルーファス・ラヴィーです。お話はパラデューさんから伺《うかが》いました。お孫さんに昼食を食べさせる。それがあなたのご希望ですか？」

夫人は真摯《しんし》な様子で頷《うなず》いた。

「ええ、そうなんです。お願いできますか？」

「まかないでもいいですか？」

これは夫人には耳慣れない言葉だったらしい。

きょとんと問い返してきた。

「──何《なに》とおっしゃいました？」

「まかない飯《めし》です。ここで働いている料理人さんのお昼ご飯です」

「まあ……」

「料理長は朝からずっと仕込みに掛かっているので、お孫さんのためにお昼に店を開くことはできません。ただ、ここで働く人たちのお昼ご飯を、お孫さんに分けてあげることならできます」

聞いていたパラデューは肝《きも》を潰《つぶ》した。

そんな無茶なと思わず言いかけたが、かろうじて飲み込んだ。

「明日は土曜ですから、ちょうどいい。お孫さんも学校はお休みでしょう。いらっしゃいますか?」

夫人は戸惑《とまど》いながらも、前向きな様子だった。

「あの、お邪魔《じゃま》しても……よろしいんですの?」

「はい。ただし、明日のあなたがたは『お客さま』ではありません。そこは飲み込んでいてください。正式な給仕はできませんし、普段着で結構ですよ。その代わり、お代はいただきません」

「いいえ、お支払いします。あの、ラヴィーさん」

夫人は急いで言ってきた。

「わたしと孫だけでなく、娘もよろしいかしら?」

「もちろん。十歳のお嬢さんでしょう。お母さんが一緒に来るのは当然です」

夫人はほっとしたように笑って、頷いた。

「では、明日のお昼に伺います」

「お待ちしています」

二人の会話が終わり、夫人との回線を切った後、パラデューが『明日は自分も行く』と宣言したのは当然すぎるくらい当然のことだった。


エリクソン夫妻には二人の息子と娘が一人いる。娘のパトリシアは銀行家のロジャー・セラーズと結婚して、セラーズ夫人となっている。

パラデューは息子たちには会ったことはないが、セラーズ夫妻とは面識があった。

もっとも、パーティで二言三言、言葉を交わした程度に過ぎない。ロジャーは銀行経営者の息子で、後継者でもあるので、パラデューが意識して記憶したのもロジャーのほうだった。

男ながら華《はな》やかな顔立ちで、なかなかの洒落者《しゃれもの》で、人当たりのいい人物だった。

その横にいたパトリシアは母親によく似た上品な印象の女性で、お似合いの美男美女だった。

二人とも名門に生まれ、夫婦仲も至極《しごく》よさそうで、順風満帆《じゅんぷうまんぱん》の人生を送っていると思っていたのだが、家庭のことはわからないものだ。

翌日、パラデューは午前の予定を無理に調整して、いそいそとミシェルのホテルに赴《おもむ》いた。

しかし、今日の彼は客ではない。

支度《したく》ができるまで待っていてくれと言われたので、店には上がらず、ひとまずロビーで待機していると、昇降機の扉が開いて、ソフィアが現れた。

長椅子に座っていたパラデューを見ると、彼女は急いで歩み寄ってきて、笑顔で挨拶した。

「パラデューさん。本日は無理を聞いていただいて、ありがとうございます」

「いやいや、お気になさらず」

如才《じょさい》なく答えたパラデューだった。

夜会服ではない彼女を見るのは初めてである。

パトリシアもだ。

昼間だからか、母娘ともに髪型《かみがた》も化粧も控《ひか》えめにしているものの、着ているスーツは最高級の品だと一目でわかる。生まれ育ちの良さは隠《かく》しようもない。

パトリシアも笑顔でパラデューに挨拶してきた。

「父も母も、こちらのお料理は本当に素晴《すば》らしいと絶賛しておりますの。よろしくお願い致します」

そしてロジャーも一緒だった。

彼が来ることは聞かされていなかったので、正直、意外だったが、娘の食育に無関心とあっては（仮に今まで本当に無関心だったとしても）上流社会では父親失格と言われてしまうのだろう。

彼もパーティの時とは違って、ポケットチーフは無難な白、ネクタイも落ち着いた色合いのものだが、ダブルのスーツはフルオーダーの一点ものだ。

いささか緊張《きんちょう》の面持《おもも》ちで深々と頭を下げてきた。

「ミスタ・パラデュー。お忙しいところ、まことに申し訳ありません。このたびは娘のことでお手数をおかけします」

お嬢さま育ちの義母や妻とは違って、彼は多忙を極める投資家のパラデューに、こんな個人的な頼みごとを持ちかけることの是非《ぜひ》を知っている。

同時に、パラデューが自分たちに立ち会うために、ここまで足を運んでくれたと思ったのだろう。

私的な時間をこんなことに使わせてしまって申し訳ないと、心から思っている様子だった。

本当の目的は他にあるから気にしないでくれとは言えなかったので、パラデューは曖昧に笑った。

「一人増えることを上に知らせなくてはいけないな。——そちらがお嬢さんかね？」

「はい。娘のフローレンスです。——ご挨拶は？」

大人たちの陰に隠れていた少女がおずおずと前に出て、きちんと頭を下げた。

「初めまして。フローレンス・セラーズです」

フローレンスは両親にはあまり似ていなかった。すなわち祖母にも似ていない。

身体つきは細く、目鼻立ちも整っているのだが、表情に明るさがないのだ。

パステルカラーの服も白い靴《くつ》も上品な可愛らしい意匠《デザイン》で、子供服には詳しくないパラデューの眼にも最高級のものなのは見て取れる。長い髪も丁寧《ていねい》に梳《くしけず》られて飾りをつけている。

この年頃の女の子としては充分おしゃれなのに、どうにも冴《さ》えない印象だった。

見知らぬ大人に対しても礼儀《れいぎ》正しくはあるものの、視線は伏せがちで、話し言葉にも力がない。

小食で偏食の女の子——という情報からパラデューが推測した通りの少女だった。

両親も祖母も華やかな美男美女だけに、こうして並ぶと、この少女だけが異質に見える。

ホテルのスタッフが近づいてきて、パラデューに声をかけた。

「パラデューさま。上から内線です」

出てみると、あの青年の声が言ってきた。

「そろそろいいですよ。上がってきてください」

「すまない。一人増えたんだが、大丈夫《だいじょうぶ》かね？」

「ええ。お父さんでしょう。問題ありません」

パラデューはセラーズ一家とソフィアを案内して、最上階まで上がった。

テーブルクロスも掛かっていない、がらんとした店内を見て、セラーズ一家は戸惑った様子だった。

一方、ソフィアは前に来た時との変化に気づいて、不思議そうに言ってきた。

「あら？　絵がありませんのね」

「ええ、掛け替え中でしてね」

内心冷や汗を感じながらも、パラデューは努めて何気なく言葉を返したのである。

厨房のほうから話し声が聞こえ、料理服を着た人たちがぞろぞろ出てきた。

明らかな部外者のセラーズ一家とエリクソン夫人、パラデューを見て、戸惑いながらも会釈《えしゃく》してくる。

通常、彼らの食事は仲間内だけですませる。

だが、今日は既に部外者が紛《まぎ》れていた。

気づいたソフィアが驚きの声をあげる。

「まあ、シンクレア料理長、ラドフォード料理長も。——今日はどうなさいましたの？」

チャールとズザックは笑顔で馴染《なじ》み客に応《こた》えた。

「ご無沙汰《ぶさた》しています。エリクソン夫人。セラーズご夫妻も。——テオ先生がクラム赤牛の肩肉《かたにく》を叩き始めたって、不肖《ふしょう》の弟子が知らせてきたもんですからね」

「店は若い人たちに任せて、抜け出してきたのです。これを食べ損なったら後悔《こうかい》してもしきれません」

二人とも実に嬉《うれ》しそうな笑顔なので、ソフィアは逆に不思議そうな顔になった。両料理長にとって、ここは『他の店』だ。料理人同士の交流、もしくは視察で来ているはずなのに、純粋《じゅんすい》に食事を楽しみにしているように見えるのが意外だったのだ。

ルウが出てきて、一家とパラデューに話しかけた。

「ようこそ、パラデューさん。エリクソン夫人」

「お言葉に甘《あま》えて参りました。お世話になります」

ソフィアが娘夫婦と孫を紹介する。

ルウもセラーズ夫妻に挨拶して、フローレンスに笑いかけた。

「こんにちは、フローレンス。ぼくはルウ」

男の人——だと思うのに、全然男の人に見えない相手にフローレンスはどぎまぎしながら頭を下げた。

「……こんにちは」

「朝ご飯は何を食べた？」

「……え？」

「どのくらいお腹空《す》いてるのかなと思って。何時頃、どんなものを食べたのかな？」

フローレンスは黙ってうつむいてしまったので、ルウはパトリシアに視線を移した。

問いかける眼だったが、パトリシアも困った顔で娘を促《うなが》した。

「黙っているのは失礼ですよ。何を食べたの？」

ルウが尋ねた。

「お嬢さんが朝ご飯に何を食べたのか、お母さんが知らないんですか？」

これはパトリシアには予想外の質問だったらしく、上品に眼を見張った。

「ええ。娘とは食事の時間が違いますから」

「休日もですか？」

「ええ」

無邪気な口調だった。この人はなぜそんなことを訊くのだろうと不思議に思っている声でもあった。

ルウはそんなパトリシアを正面から見つめると、フローレンスに視線を移して微笑した。

「今日はお天気もいいから、外でご飯にしようか。皆さん、こちらへどうぞ」

案内したのは庭園とは反対側のテラス席だった。

ロジャーが周囲を見渡して、感心したように言う。

「ほう、これはいい。開放感がある。向こうからもこちらは見えないんですね」

「ええ。隠れ家ホテルですから。正式に開業したらぜひいらしてください」

ちゃっかり宣伝もしている。

テラスには白い卓《テーブル》と椅子がいくつか並んでおり、ルウは親子三人とソフィアで一つの卓に座らせた。

大きな卓なので、充分、余裕がある。

他の卓から椅子をもう一つ持ってきて五人掛けにするのかと思いきや、パラデューだけは一人で別の卓に座らせた。

「一家団欒《いっかだんらん》に知らない人が混ざっていたら、フローレンスが食べにくいでしょう。パラデューさんにはぼくたちがお相伴《しょうばん》しますよ」

そのフローレンスは両親と祖母と一緒とはいえ、知らない場所で、知らない大人が周りにいるせいか、静かに椅子に座っていた。

すると突然、自分といくつも違わないような声がすぐ近くから話しかけてきた。

「好き嫌いが多いんだって？」

声のほうを見たフローレンスは息を呑《の》んだ。

本当に心臓《しんぞう》が止まったかと思った。宝石のような濃い緑の瞳《ひとみ》が自分を見つめていたからだ。

それが生身の人だとは最初はわからなかった。

その人の顔の周りを金色の光が取り巻いて輝いていたからだ。真昼に天使が現れたのかしらと呆気《あっけ》にとられて慌てて見直すと、その人の髪が太陽の光を反射して光っているのだった。

「おれも子どもの頃は草は食べなかったな。今では割と何でも食べるけど」

「せめて野菜と言ってくれませんか」

大人のような話し言葉なのに、やはり声は若くて、そちらを見たフローレンスはまた息を呑んだ。

今度は銀の天使だった。自分を見つめているのは紫水晶のような瞳で、透き通るようにきれいな顔が優しく微笑している。

「こんにちは。フローレンス。わたしはシェラです。ここのお食事なら美味しく食べられますよ」

「おれはヴィッキー。ちなみに、どっちも男だから。よろしく」

生身の天使二人に話しかけられたフローレンスは、びっくり仰天《ぎょうてん》して、ぽかんと口を開けている。

セラーズ夫妻もソフィアも、少年たちの桁外《けたはず》れの美貌《びぼう》に驚いていた。特にソフィアは金と銀の二人をしげしげと見比べて、感心したように言ったものだ。

「まあ、あなたたちはぜひ絵のモデルをするべきね。本物の天使像が描けるわ」

「恐れ入ります」

「おれはモデルに向いてないと思うよ。じっとしているのは苦手なんだ」

話しながら、金と銀の天使たちは、大きなボウルいっぱいのサラダとピクルスの瓶《びん》を卓の中央に置き、各人の前に取り皿とフォーク、グラスを並べた。

シェラがデカンターの中身をグラスに注《そそ》ぐ。

「大人の皆さまは本来でしたら、お酒を召しあがるところでしょうが、今日はまかないなので。野菜とピクルスはご自分でお取りください」

注がれたのは鮮やかなオレンジ色の液体である。

ロジャーが苦笑しながら、やんわりと抗議した。

「困ったな。朝食にオレンジジュースを飲んできたところなんだよ」

「オレンジではありませんよ」

「本当かい?」

「ええ。どうぞ、召しあがってください」

シェラは笑顔で言い、リィも少女に笑いかけた。

「飲んでごらんよ。美味しいから」

少女はおずおずとグラスに手を伸ばした。

一口飲んで、眼を丸くする。

「……美味しい」

大人たちも同様の感想を洩らした。

「あら、まあ……」

「これは美味《うま》い」

見た目の色から想像した味ではないが、美味しいことには違いない。

小さめのグラスだったので、皆、あっという間にグラスを空《から》にしてしまった。

「おかわりはご自分でどうぞ」

シェラが言って、デカンターを卓に置く。

真っ先に手を伸ばしたのはフローレンスだった。よほど気に入ったのだろう。なみなみと注いで、また一気に飲もうとしたので、シェラは笑って注意した。

「あんまり飲むと、それだけでおなかがいっぱいになってしまいますよ」

ロジャーもおかわりを注いで言う。

「いや、しかし、本当に美味いよ」

ソフィアとパトリシアはジュースを味わいながら首を傾《かし》げている。

「初めていただく味だわ。オレンジでないとすると、何かしら？　マンゴーでもないし、赤いメロンとも違うし……」

「何か違う種類のオレンジなのかしら？」

シェラが言った。

「人参《にんじん》ですよ」

「まさか！」

大人たちは驚いた。

「本当です。檸檬《レモン》と、ほんの少しだけ蜂蜜《はちみつ》を入れてありますが、生の人参の味ですよ」

フローレンスもびっくりした顔でグラスを置いた。

「……違います。これ、人参じゃないです」

銀の天使は優しく微笑した。

「そうですね。普通の人参とは違うと思いますよ」

「うちの料理長には美味しいものをつくれる名人の知り合いがたくさんいるんだ。これは野菜づくりの名人が育てた人参を使ってるんだって」

金の天使も笑顔で説明する。

「おれもさっき飲んでみて驚いた。全然人参らしくないもんな」

「最初は人参の種類が違うのかと思ったのですが、普通に市場で売られている品種だそうです。育て方次第でこれほど変わるものなんですね」

店内に引き返した黒い天使が戻ってきた。

「はい。おまちどおさま。今日のメインです」

それぞれの皿に料理を取り分けたが、ソフィアとセラーズ一家はその料理を見て、再度驚いた。

パラデューもだ。

眼の前に置かれた馴染みのない物体にまたしても困惑し、ソフィアも困ったように呟《つぶや》いた。

「……どうやっていただくのかしら?」

シェラが気を利《き》かせて話しかける。

「本来はそのまま摑《つか》んで食べるものですが、奥さま、よろしければナイフをお使いになりますか?」

「ええ。お願いできます?」

本格的な高級料理店そのもののやりとりの横で、パトリシアが切迫した様子で言い出した。

「……あの、待ってください。これは、困ります。ハンバーガーでは困るんです」

そう、ルウがトングを使ってそれぞれの皿の上に置いたのはハンバーガーだったのだ。

一口にハンバーガーといっても様々な種類がある。

具をたっぷり挟んで塔のようにそびえ立つものや、おしゃれな店になると、最初からバンズの片方が横倒しになっていて、具を見せているものもある。

そういう『ハンバーガー』はナイフとフォークがなくてはとても食べられないが、彼らの前に置かれたのは軽食スタンドで紙にくるんで売られている、片手で摑める大きさのハンバーガーだ。

しかし、食べたことのないソフィアには馴染みのないパンケーキのように見えたのだろう。

シェラが差し出したナイフを素直《すなお》に受け取ると、不思議そうにパトリシアに尋ねた。

「どうしてこれではいけないの?」

「だって、お母さま。軽食《ファストフード》よ。ほとんどが脂質で栄養が偏《かたよ》っているし、油も古くなったものを使っている場合もあるって、報道で見たわ……」

「それはないよ」

金の天使が言下に否定する。

「テオが料理に古い油を使うなんてあり得ない」

ルウはパトリシアをなだめるように話しかけた。

「まずは食べてもらうことが肝心《かんじん》です。お嬢さんが食べ慣れていないものを出したところで、それこそ食が進まないでしょう」

「でも……」

パトリシアはまだ不安そうだったが、銀の天使も加勢した。

「それに、このハンバーガーにはトマトもレタスも玉葱《たまねぎ》も入っていますよ」

途端《とたん》、フローレンスが困った顔になる。

「玉葱は、食べられません……」

ルウは優しく話しかけた。

「人参も嫌いなんだよね？　それじゃあ、さっきのジュースは美味しくなかった？」

少女は黙ってしまう。

「このハンバーガーなら大丈夫。嫌いな玉葱の味はしないから。食べてごらんよ」

フローレンスはまだ躊躇《ためら》っている様子だったが、ルウは少女が食べ始めるのを待ったりしなかった。

「ぼくたちもご飯にしよう」

明るく言って、さっさとパラデューの隣に座り、リィとシェラも、いそいそと席に着いた。

シェラはどうしても客《ゲスト》でいるより接客係《ホスト》に回る性分なので、中腰で周りの人々に問いかけた。

「お野菜を取り分けますか」

「ありがとう。でも、まずハンバーガーを食べよう。せっかくできたてなんだから」

三人は嬉々《きき》としてハンバーガーを取り上げた。

パラデューも、おそるおそる彼らに倣《なら》った。

コース料理ではパンを少しずつちぎって食べる。丸ごとのパンにかぶりついたりはしない。

パラデューにはマナー違反に感じられる行為だが、
それがこの食べ物の食べ方であれば致し方ない。

リィがまじまじとハンバーガーを見つめている。

「これも消えるのかな?」

何しろホットドッグという前例がある。

あの時は一口食べたと思ったら、次には空っぽになった自分の手を見つめていたという信じられない体験をしただけに、ルウもシェラも何とも言えない顔になり、パラデューも真剣に頷いた。

「心していただこう」

四人はいささか緊張しながら、ことさらゆっくりハンバーガーに嚙《か》みついた。

結論から言うと、消えなかった。

最初の一口をじっくり味わった時点で、四人とも食べかけのハンバーガーを思わず見つめたのだ。

「……すごいねえ」

ルウの言葉にシェラが頷く。

「……はい」

申し合わせたように二口目を嚙《かじ》る。

パラデューも同様にして、呆然《ぼうぜん》と言った。

「いやはや、初めて食べたが、ハンバーガーというものはこんなにも……」

「それは違うよ」

リィが真顔で注意した。

「ハンバーガーってものを食べるようになってから、一年くらいしか経ってないけど、おれでもわかるよ。これはあくまで例外。特別だから。こんなのが普通だなんて思ったら、軽食スタンドのハンバーガーは食べられなくなるよ」

「あれはあれで美味しいからね。ぼくも好きだし、たまに食べたくなるけど、これは……」

ルウが頷いて、ため息をついた。

「次元が違うよねえ……」

シェラも感心しきりだった。

「片手で摑めるご馳走《ちそう》というものがあるんですね」

ルウ、シェラ、パラデューがハンバーガーを手に感慨《かんがい》にふける間に、リィはたちまちハンバーガーを平《たい》らげて立ち上がった。

「一個じゃあ全然足らないな。もらってくる」

給仕係を自認するシェラが慌てたように言う。

「いえ、わたしが……」

だが、シェラのハンバーガーはまだ半分ほど形が残っているので、リィは止めた。

「いいから、それ、食べちゃえよ。――そっちは？　おかわりいる？」

最後の問いかけは隣の一家に対してだ。

セラーズ一家も手にしたハンバーガーを見つめて固まっていたが、我に返るや、夢中で食べている。

もちろんフローレンスもだ。

味が気に入ったのは間違いない。

四人とも声をかけられたことにも気づかない様子だったので、リィは答えを待たずに店内に戻った。

すると、そこでも料理人一同が手にしたハンバーガーを真剣な表情で見つめているところだった。

とても食事中の風景とは思えない。

皆、一口囓っては頭を抱え、二口囓っては吐息を洩らしているのである。

「……いつも思うことだけど」

「……何がこんなに違うんだ？」

「いい材料を使っているのは間違いない。最高級の赤牛の肩肉を叩いて、バンズの小麦粉も、普通ならハンバーガーにはまず使わない種類を使ってる」

「けど、それじゃあ、高い材料を使ったら俺たちにこの味が出せるのかって話になるぜ……」

若手の一人、トムがエセルに尋ねる。

「このバンズ、エセルもつくったのか？」

パン職人の間では若手のホープとされている彼は、『お先真っ暗』とでも言いたげな顔で否定した。

「見てただけだよ。全部見てたけど、料理長は何も変わったことはしていない……」

そう言いながらも、エセルの口調には『それでは何の解決にもならない』という思いがあふれている。

テオドールがいなくなった後は、自分がこの店のパンを焼かなくてはならないのだ。この味を完璧《かんぺき》に再現するのは無理でも、『前と比べて味が落ちた』とお客を失望させることだけは避けねばならない。

先行きは厳《きび》しいが、どうでも進まねばならない道だった。

ハンバーガーを片手に修行僧のような表情で黙り込んだエセルに、チャールズが苦笑しながら言う。

「考えても始まりません。確かなことはテオ先生のハンバーガーが抜群に美味しいということです」

「だよな」

ザックが大まじめに頷いた。

「クラム赤牛の肩肉をわざわざ叩くなんて考えてもみなかったが、うちでやってもおもしろいかもな」

「いいんですか？　保守的なお客さまには不評かもしれませんよ」

「かもしれねえな。けどよ、肉の扱いに関しちゃあ、俺もそこそこ自信がある。美味いとわかってる以上、試してみない手はないぜ」

肉料理なら『ザック・ラドフォード』とまで言わしめた男は不敵に笑った。

「守りに入ったって、いいことはないからな」

チャールズも笑顔になった。

「そうですね。挑戦心は大事です」

リィが厨房に入って行くと、テオドールが一人で作業をしているところだった。

「ハンバーガーのおかわり、あるかな？」

「――そっちが先だ」

テオドールが示したのは、紙を敷いた二つの籠《かご》に山盛りになったポテトだった。

それも、明らかにたった今、揚《あ》げたばかりだ。

確かにこれは冷める前に食べねばならない。

ハンバーガーの付け合わせとして、これ以上のものはないのだ。

基本的に肉食のリィも、大いに食欲をそそられる香ばしい匂いがしている。

テオドールは二つの籠を盆《ぼん》に載せ、リィに向けて盆を押しやってきたが、その片隅に、匙《さじ》の刺さったマグカップを一つ載せてきた。

中身は湯気をたてるポタージュスープだ。

「娘に持ってけ」

「フローレンス？　いいけど、あの子の分だけ？」

テオドールは面倒くさそうに眉《まゆ》を吊《つ》り上げた。

「野菜の代わりだ」

なるほど、彼らの卓には既にサラダもピクルスも、たっぷり並んでいる。

しかし、野菜嫌いの少女は恐らく食べない。

代わりにスープを用意したテオドールの優しさを微笑《ほほえ》ましく思いながらも、リィは真顔で意見した。

「テオの料理を一品《ひとしな》でも食べられなかったとなると、パラデューさんは絶対、すねるぞ」

「………」

「いい年の男が、小さな女の子の食べているものをうらやましそうに眺《なが》めているって、どうなんだ？」

「………」

テオドールの顔が何とも奇妙な具合に歪《ゆが》んだ。

他の人が見たら『苦虫を噛み潰したよう』な顔と判断しただろうが、リィにはわかる。

珍しくも『苦笑を噛み殺している』顔だった。

「ルーファもシェラもきっと食べたいって言うよ。──おれもだけど」

「……つくってやる。後で取りに来い」

「わかった」

盆を持ってテラスに引き返すと、フローレンスはちょうどハンバーガーを食べ終わったところだった。

全部食べてしまったことに、本人が一番びっくりした顔をしている。

大人たちはサラダやピクルスも楽しんでいるが、案の定、少女はそれらには手を付けていない。

リィはマグカップを差し出した。

「これ、テオから。たぶん野菜のスープ」

すると、フローレンスはちょっと尻込みした。

「野菜は食べられません……」

金の天使がおもしろそうに少女の顔を覗《のぞ》き込む。

「人参のジュースも、玉葱の入ったハンバーガーも食べてるのに？」

間近で見れば、緑の瞳は本物の緑柱石《りょくちゅうせき》さながらで、薔薇色《ばらいろ》の頬《ほお》は血の通った彫刻《ちょうこく》のようになめらかで、表情は優しく、悪戯《いたずら》っぽくもある。

十歳の少女には刺激《しげき》が強かったのか、頬を染めて、どぎまぎとうつむいてしまった。

「本当に食べられないかどうか、試してみなよ」

この美しい少年にこう言われて『いや』と言える女の子は恐らく存在しないだろう。

フローレンスはおずおずとマグカップを手に取り、おっかなびっくり匙を握ると、ほんの少しスープをすくって口に運んだ。

眼を丸くして、リィを見た。

「……本当に野菜ですか？」

「テオは嘘《うそ》は言わないよ」

よほど気に入ったのだろう。少女はせっせと匙を使い、ついには直接マグカップから飲み始めた。

興味津々《きょうみしんしん》で見ていたルウが相棒に問いかける。

「そのスープ、ぼくたちの分はないのかな？」

「今つくってるって」

「じゃあ、手伝ってくる」

ルウが席を離れていき、リィはフライドポテトの籠を置いて、少女に言った。

「これも食べなよ。揚げたてだから」

大きめにざっくり切って揚げたフライドポテトに、フローレンスはもちろんのこと、大人たちも揃《そろ》って手を伸ばし、歓声をあげた。

「美味しい！」

リィが自分たちの卓にもう一つポテトの籠を置き、店内のほうを見ると、ルウがハンバーガーを載せた盆を持って戻って来るところだった。

「おかわり持ってきたよ。食べる人は？」

「はい」

「お願いします」

リィとシェラが真っ先に手を上げる。

パラデューはもちろん、ソフィアもパトリシアもロジャーも手を上げた。

「ハンバーガーのおかわりなんて、初めてよ」

パトリシアが呆気にとられたような表情で言えば、ソフィアは感嘆《かんたん》の吐息を洩らしている。

「わたしは、こんなに美味しいものは初めてだわ」

ロジャーも感心しきりだった。

「まったく、目から鱗《うろこ》だよ。こういうものは早くて安いだけが取《と》り柄《え》だと思っていたからね」

パトリシアも同様にしながら頷いた。

「身体に悪いとも思っていたのに。信じられない。野菜はオーガニックかしら……」

ルウが少女に尋ねた。

「さっきのハンバーガーとは違う味みたいだけど、食べてみる？」

少女は残念そうに言ったものだ。

「もう一個は食べられないです。……残しちゃう」

すると、ソフィアが言った。

「それなら、おばあちゃまと半分こしましょうか」

「うん！」

そんなわけでソフィアとパトリシア、ロジャーの皿に一つずつハンバーガーを置いて、ルウは残りを自分たちの卓に運んだ。

リィはさっそく二つ目のハンバーガーに嚙みつき、思わず眼を見張った。

「あれ？　鶏《とり》だ」

シェラもルウも歓声をあげた。

「初めて食べました。揚げてあるんですね」

「ソースも美味しい。ラディッシュが利いてる」

パラデューがまたしても、しみじみという。

「いやはや、ハンバーガーというものは……」

すかさずリィが混ぜっ返した。

「だからそれは危険だって」

セラーズ一家も、初めて味わう揚げた鶏肉のハンバーガーに眼を見張っていた。

「こんなハンバーガーがあるなんて！」

先程の濃厚なソースとは一味違う、さっぱりした味わいなので、フローレンスも嬉しそうに、祖母と半分にしたハンバーガーを味わっている。

リィは二個目もぺろりと平らげて言ったものだ。

「もう一個、牛が食べたいんだけど、あるかな？」

「見てきます」

シェラが立ち上がり、ルウも続いた。

「ぼくも行くよ。そろそろスープができる頃だから。――そちらの皆さんも、順番が逆になりますけど、スープはいかがです？」

フローレンス以外の全員が『ぜひ！』と答えた。

二人は七つのマグカップと牛肉のハンバーガーを持って戻り、セラーズ一家もパラデューも、野菜のスープを堪能《たんのう》したのである。

ソフィアは目を見張って言った。

「まあ……これ、何のポタージュなのかしら？」

料理上手《じょうず》なシェラとルウは真剣な表情でスープを分析している。

「結構、舌《した》には自信があるほうなんですけど、何を使っているんでしょうね。玉蜀黍《とうもろこし》のようでもあるし、馬鈴薯《ばれいしょ》のようでもあるし……」

「何しろまかないだからね。余った野菜を何種類も使っているのかもしれないよ」

「余り物どころか、立派にお店で出せる味です」

リィも呆《あき》れて言った。

「テオに掛かると、残り物もご馳走になるんだな」

全員、揃って頷いた。

おかわりのハンバーガーも、サラダもピクルスもポテトもきれいになくなる頃には、セラーズ一家もパラデューも幸福に満ち足りた顔をしていた。

もちろんフローレンスもだ。

半分おかわりしたハンバーガーもきれいに食べてしまっている。

母親のパトリシアはそんな娘の様子に驚きながら、

深く安堵《あんど》しているようだった。

「この子がこんなに食べるなんて……」

ソフィアも笑顔で孫に問いかけた。

「美味しかった？　フローレンス」

「うん！　もうお腹いっぱい。──いつもこういうご飯ならいいのに」

隣で聞いていたルウが笑って言う。

「いつもはさすがにまずいでしょ。ちゃんと野菜も食べられることがわかったんだから、少しずつ挑戦してみるといいんじゃない」

「でも、他の野菜はこんなに美味しくないです」

フローレンスは生真面目に答え、両親は失笑し、祖母はあらためてパラデューに話しかけた。

「なんとお礼を申しあげたらいいのかしら。本当にありがとうございました」

「いやいや、礼ならテオに言ってください。こちらのラヴィーくんにもです」

セラーズ一家の視線を受けて、ルウは首を振った。

「お気遣いなく。単なる偶然なんです。昨日クラム赤牛の肩肉が手に入って、テオドールさんが叩いてみるかって独《ひと》り言《ごと》を言うのを聞いたので。それなら明日のまかないはハンバーガーにできませんかって、お願いしてみたんですよ」

食事を終えた彼らが店内に戻ると、料理人たちは既に昼食を済ませて仕事に戻っていた。

二人の料理長も恐らく自分の店に戻ったのだろう。

セラーズ一家は、どうしても料理長に直にお礼を言いたいとルウに頼み、人として当然の心情なので、無下にもできず、ルウは一家に言った。

「ここで少し待っててください」

パラデューは正直、はらはらした。

調理中のテオドールに声をかけるのは、ヨハンやカトリンの様子を見る限り、猛獣《もうじゅう》の檻《おり》に突っ込んだ手を無事に引き抜くのと同じくらいの高等技術だ。

だが、ここでも黒い天使は抜群の能力を発揮《はっき》して、テオドールはのっそりと厨房から出てきたのである。

両親に促されたフローレンスが真っ先に進み出て、きちんと頭を下げた。

「お昼をありがとうございました。とっても美味しかったです」

無愛想な男は無言だったが、軽く頭を下げ返した。

大人たちも口々に礼を言った。

「本当にありがとうございました」

パトリシアが口にした言葉は短かったが、彼女がテオドールを見つめる眼差しは尊敬に満ちていて、情熱的でもあって、救世主を崇《あが》めるがごとしだ。

ロジャーは満面に笑みを浮かべて饒舌《じょうぜつ》に語った。

「あんなハンバーガーを食べたのは初めてですよ。本当に素晴らしかった。失礼ながら、最初は単なる軽食ではないかと侮《あなど》った自分を猛省します」

ソフィアも笑み崩れながら、興味津々で尋ねた。

「ハンバーガーはもちろんですけど、あのスープも絶品でしたわ。どんなふうにつくったら、あんなに美味しくなるんでしょう」

ルウもそれは気になっていたので、直球で尋ねた。

「シェラとも話してたんですけど、いい味ですよね。野菜は何を使ったんですか？」

テオドールはぼそりと言った。

「……くず野菜を適当に放り込んだだけだ」

パラデューはまたしても頭を抱えたくなったが、ルウもシェラも納得したらしい。

「後でもう一度つくってみてくれませんか」

「だよね。同じ味にはならないだろうけど、参考にするから」

幸いにもソフィアは気を悪くした様子もなく、笑顔で話を続けた。

「今度はまた夜のお店に寄らせてもらいますわね。この子には大人になるまで我慢《がまん》してもらわなくてはなりませんけど」

少女があからさまに残念そうな、がっかりした顔になったので、ルウは優しく言ったのだ。

「それなら、連邦大学に遊びに行くことがあったら、来てください」

「連邦大学？」

「ええ。ここは臨時の店なんです。テオドールさんはあと一月半くらいで連邦大学に戻る予定なので。そこはお昼も営業している店ですから、お嬢さんが来ても大丈夫ですよ」

するとこの言葉を聞いたロジャーが色めき立ち、熱心に言ったのだ。

「ダナーさん。そういうことでしたら、当家専属の料理人として来ていただけませんか？　無論、次の契約が終わるまではお待ちしますから」

どうやらロジャーは、テオドールが短期間で店に雇《やと》われる形態で働いていると思ったらしい。

この提案に妻のパトリシアも顔を輝かせた。

「お願いします。ぜひ来ていただけないでしょうか。報酬《ほうしゅう》はいくらでもお支払い致します」

ソフィアも大乗り気だ。

「まあ、素敵だわ。そうしてもらえたら、どんなにいいかしら」

パラデューが苦笑しながら、一家を遮《さえぎ》った。

「残念ですが、連邦大学の店はテオ自身の店です。留守《るす》にすることはできません」

ロジャーは引き下がらない。

「もちろん、長い間でなくて結構です。何でしたら、──専門家の方には失礼な申し出かもしれませんが、今うちで働いている料理人に献立《こんだて》と調理法《レシピ》を教えてくれるだけでいい。そうすれば、あの料理を家でも再現できますから」

パラデューの苦笑はますます深くなった。

金銀天使も懸命《けんめい》に笑いを嚙み殺し、ルウは曖昧な笑みを浮かべて言ったのである。

「失礼ではないと思いますよ。他の人はともかく、少なくともテオドールさんは献立も調理法《レシピ》も訊けば教えてくれます。くれますけど……」

料理をしない金の天使が代表して言った。

「そんなに簡単にテオドール・ダナーの料理を再現

できたら苦労はねえ！　って、たぶん共和宇宙中の料理人が言うんじゃないかな」

黒い天使と銀の天使が厳《おごそ》かに頷いている。

そして本人は『専属料理人になってくれ』という申し出には答えず、黙って厨房へ引き返していった。

問題のポタージュスープは味見した料理人たちの間でもちょっとした話題になった。

ハンバーガーをコース料理に出すのは無理でも、これをお客に提供しない方《ほう》はない。

その夜、さっそく前菜の一品として登場し、舌の肥《こ》えたお客たちの喝采《かっさい》を浴びたのだった。

# 12

翌日の朝、リィとシェラが厨房《ちゅうぼう》に顔を出すと、真剣な顔で鍋《なべ》に取り組むルウがいた。

鍋の中身は皮付きの林檎《りんご》である。

シェラが嬉《うれ》しそうに言った。

「――いい匂いがするようになってきましたね」

「そりゃあもう、かれこれ一カ月、取っ組み合っているからね」

リィが眼を丸くした。

「林檎って、そんなに煮続けられるもんか？」

「無理だね。普通の林檎なら跡形もなくなってるよ。これは一見林檎に見えるだけで、違う種類なんだ。――ここまでやってもまだ食べられない」

ルウは難しい顔だった。

「食糧危機ならともかく、これを食べようだなんて、普通の人は考えないよ。あく抜きまでしたんだから。林檎のあく抜きなんてあり得ないでしょ」

リィはますます眼を丸くした。

「……豚《ぶた》しか食べないわけだ」

「まだ芯《しん》は硬いんだけど、何とか串《くし》が刺さるようになってきたから、もう一息ってところだと思う」

「だったら、丸ごとじゃなくて、切って煮たほうが早いんじゃないか？」

黒い天使がちょっと険《けん》のある眼で相棒を見る。

「やらなかったとでも思ってる？」

「……うまくいかなかったのかな？」

「大失敗。甘《あま》みがつく前に崩れちゃって、使い物にならなかった。つくづく、常識が通用しないよ」

ルウはリィの知る限り、かなりの料理上手《じょうず》だ。

その相棒が鬼林檎に苦戦している。

シェラが、自分に言い聞かせるように言った。

「ですけど、火を加えれば化けると、ご主人が言う以上、間違いなく美味《おい》しくなるはずです」

「そうなんだよ。ここで諦《あきら》めるわけにはいかない。

——諦める気もないけどね」

そんな話をしている彼らのところへ、菓子職人のダグ・ベンソンがやってきた。

この調理場の一角には菓子専用の厨房がある。彼はそこで何か作業をしていたらしい。完成した菓子を載せた皿を持ち、早足で近づいてきた。

正しく言えば、ルウの元に突進してきた。

「ラヴィー先生！　味見をお願いします！」

ルウが何とも言えない顔になる。

「……だから、先生も敬語もいらないってば」

「いえっ！　そんなわけにはいきません！」

鯱《しゃちほこ》張《ば》って言う彼に、リィとシェラは眼を丸くしていた。

「……どうしたんだ？」

「……前に来た時は普通に話されてましたよね？」

二人の疑問に、ルウはため息をついた。

「……この間、チョコレートをつくったんだよ」

シェラが嬉しそうな笑顔で頷《うなず》く。

「あなたのチョコレートは本当に絶品ですから」

「ありがとう。テオドールさんも気に入ってくれて、こっちのお店でもお客さまに出すことにしたんだ」

甘いものは味見もできないリィが納得して言う。

「ははあ、こっちの店で『も』っていうところが、ダグには問題だったのかな？」

ダグは勢いよく頷いた。

「大問題です！　ダナー料理長に認められた人なら先生です！」

見事な信念である。

ルウは苦《くる》し紛《まぎ》れにシェラを指して訴《うった》えた。

「それを言うならこの子のつくったお菓子だって、向こうのティータイムで大好評だったんだからね」

「巻き添えにしないでください！」

慌《あわ》てて叫んだシェラだったが、時既に遅し……。

ダグは、彼のつくる菓子の繊細《せんさい》さからはちょっと想像できない熱い男である。ただでさえ大きな眼をさらに見開き、中学生の少年に向かって最敬礼した。

「よろしくお願いします！　ファロット先生！」

声にならない悲鳴をあげたシェラだった。

共和宇宙連邦憲章では『人は皆平等』と記され、連邦加盟国のどこの国でも守られなければならない理念だが、シェラの育った環境はそこには属さない。

絶対的な身分の差が存在する環境に生まれ、常に尽《つ》くす側の立場で過ごしてきた銀の天使は、他の人から――特に目上の人から敬われたり尊重されたりすることが極端に苦手だった。

ほとんど恐怖に青ざめながら訴えた。

「先生はよしてください！」

「いえっ！　お願いします！　親方もどうぞ！」

真剣な顔で、菓子を載せた皿を突き出してくる。

リィは両手を挙げて降参の姿勢をとった。

「悪い。甘いものは全面的に駄目《だめ》なんだ」

「テオドールさんのお菓子は食べられたじゃない」

「あれは自分でもびっくりした」

リィはちょっぴり弁解する調子で説明した。

「好き嫌いはないんだけど、甘いものだけはなんて言うのかな、脳天に突き刺さる感じがして、とても食べられないのに、あれだけは美味しかった」

「見習いたいねえ……」

「そのこつが知りたいです」

ルウとシェラは無念そうな顔をしながら苦笑して、ダグの持ってきた皿に向き直った。

「それじゃあ、お菓子をいただこうか」

ダグがつくった菓子はつやつやのチョコレートが掛かったケーキだった。上に桜桃《さくらんぼ》が載っている。

ルウとシェラで半分にして食べてみると、中にも桜桃が入っていて、スポンジにも桜桃にもたっぷりシェリー酒が使われている。

「うん。美味しい」

「大人の味ですね」

二人の感想は決してお世辞ではない。

間違いなく一流の味だが、ルウは首を捻《ひね》った。

「……美味しいけど、これだと、お店で売られてるお菓子みたいだね」

ダグが呆気《あっけ》にとられた顔になる。

猛然《もうぜん》と抗議しようとしたことを、先に少年たちが言葉にした。

「立派に売り物になるということだと思いますが、それではいけないのでしょうか？」

「おれは食べないけど、食事の後に、店で売られているお菓子の中からデザートを選ぶ料理店もあると思ったけど？」

ルウは頷いた。

「あるけど、そういうお店は若い人向けっていうか、どちらかというと気軽《カジュアル》な雰囲気なんだよね」

「高級料理店ではない？」

「うん。あんまり見かけないと思う」

ダグは直立不動の姿勢で訴えた。

「お言葉ですが！　パンならあります！　エセルが以前にいた店舗《てんぽ》ではレストランの他に店舗があって、エセルのパンをコース料理に添えるのはもちろん、店舗でも販売していました！」

厨房で作業をしていたエセルが突然自分の名前を出されて、驚いたように振り返る。

ルウは何でもないという意味を込めて笑いかけ、彼も会釈《えしゃく》を返して、また作業に戻った。

「パンとお菓子は一緒にできないでしょう」

ルウはあらためてダグと少年たちに言った。

「コース料理のパンはお口直しの役割だから、家に持ち帰って食べるのは、ちょっと特別で贅沢《ぜいたく》な感じがして楽しいものだけど、お菓子はそれ自体が『華《はな》』だもん。持って帰って食べるのも嬉しいけど、このお店みたいな高級料理店で、高いコース料理の最後に食べるなら、お店でしか味わえないお菓子のほうがいいんじゃないかな？」

リィが納得して頷く。

「説得力あるな」

「ダグのお菓子が悪いわけじゃない。むしろ、よくできてるよ。もう一ひねり欲しいっていうだけだ。――それともう一つ」

ダグが飛び上がった。

「ま、まだ何か⁉」

「あなたもテオドールさんがいなくなった後、このお店で正式な菓子職人として働くわけでしょう？　このお菓子、ジャイルズのお料理の後ならいいけど、バートのお料理の後だとちょっと違和感がある」

シェラが真剣な顔で頷いている。

「わかります。コースの最後に出すものですから、それまでのお料理とあまりに嗜好《テイスト》が異なるようでは、いただくお客さまも戸惑《とまど》うと思います」

リィはそれこそ戸惑った様子で尋《たず》ねた。

「そこまで考えるのか？」

ルウが答える。

「多分に好みもあるから一概《いちがい》には言えないけどね。こってりしたお料理の後に、濃厚なチョコレートを食べたい人もいるだろうし、お料理がこってりなら、デザートにはさっぱりしたアイスクリームかシャーベットが欲しくなる人もいる。ただ、あっさりしたお料理の後に、このケーキみたいな濃厚なお菓子を出されるのは――なんか違うんじゃない？」

真っ赤だったダグの顔がだんだん青ざめてくる。

リィは軽い吐息を洩《も》らした。

「……お菓子も奥が深いんだな」

「そうだよ。めちゃくちゃ深いんです」

真面目に答えて、ルウはダグに笑いかけた。

「今度は皿《プレート》でつくってみたらどう？　完成したら、また食べさせてよ。ダグのお菓子は美味しいもん」

「はい！　ありがとうございます！」

威勢《いせい》よく頷いたダグは早くも次のお菓子の構想を練っているようで、一人で呟《つぶや》き始めた。

「ここでしか食べられないもの……確かにそうです。季節の果物……それも足の早いもの……西瓜《すいか》か梨《なし》か、それとも桃《もも》か……」

「梨とマスカットのケーキは美味しいよね」

ルウが感想を述べる。シェラも頷いた。

「白桃もそのままケーキに入れても美味しいですし、砂糖煮《コンポート》にしてゼリーをつくるか、アイスクリームを添えても美味しそうです」

リィが肩《かた》をすくめる。

「果物は生で食べるのが一番美味しいと思うけどな。そんなに手間暇掛けなくても……」

言いながら、相棒が取り組んでいる鍋に眼をやり、ルウは苦笑しながら頷いた。

「ほんと、手こずらせてくれるよ……」

ダグが気を取り直して尋ねた。

「先生。それは本当に食べられるようになりますか。自分も味見してみましたが、林檎に似ているだけで完全に違う植物です。とても菓子に使えるようには思えません」

「今のところ、全面的にその意見に賛成」

ルウは難しい顔で言った。

「だけど、食材にはそのままで食べられるものと、手間暇をかけないと食べられないものがある」

「…………」

「パラデューさんから聞いたんだけど、同じことがあったらしい。地元の山でたくさん取れる、小さな固い木の実でね。動物は好んで食べるけど、人間は誰も食べない。殻《から》は固くて歯が立たないし、割ってみても中身はほんのちょっぴりしかないから、殻を割る労力を考えたら割に合わない」

「テオは諦めなかったんだ？」

「パラデューさんも手伝ったらしい。すごく小さい木の実をいくつも爪楊枝《つまようじ》でほじったんだって」

シェラがため息をつく。

「身分のある男性のなさることではありませんよ。わたしがその場にいたら代わりましたのに」

「たぶん、パラデューさんはテオの手伝いをするのが楽しかったんだよ」

ルウは笑って、再び鍋に向き合った。

「とにかく、手応《てごた》えは感じてるんだ。後もう少しで何とかなるはずだから……」

「それだけはちょっと信じられないんですが」

ダグが正直に言って、ルウに一礼した。

「ご意見、ありがとうございました！　先生。また試作品をつくったらお願いします！」

「こっちもお願いするから、先生はよしてってば」

ルウはぼやいたが、ダグは聞いていない。

勢いよく自分の仕事場に戻って行った。

シェラが微笑して言う。

「熱心な人ですね」

「うん。本人がお菓子を食べるのが好きなんだよ。だからあれだけ美味しいお菓子がつくれる」

リィが厨房を見渡して尋ねた。

「そういえば、テオは？」

いつも、この時間から厨房で作業しているのに、テオドールの姿がない。

「朝市に行ってるよ」

シェラもリィも驚いて問い返した。

「お一人で？　大丈夫《だいじょうぶ》ですか？」

「ちゃんとここまで帰ってこられるのか？」

偶然、近くにいて、二人の会話を聞いたヨハンは苦笑することしきりだった。

中学生にこんな心配をされる五十男って、うちの親父くらいだよな——と、薄情にも思っていると、ルウが父親の弁護をした。

「さすがに迷わないと思うよ。ここのところ週末はいつも通ってるから。普通の市場と違って、素人《しろうと》が育てた野菜や果物を売りに来るんだって」

シェラが首を傾《かし》げた。

「ご主人がわざわざ素人の野菜を？」

「そう。蚤《のみ》の市《いち》にはよくあることなんだけど、時々とんでもない掘り出し物が混ざってたりするんだよ。昨日ジュースにした人参《にんじん》もテオドールさんが朝市で買ってきたんだ」

リィが不思議そうに尋ねる。

「知り合いから買ったって言ってなかったか？」

ルウは笑って頷いた。

「そうだよ。偶然、朝市で再会したって言ってた。テオドールさんがシティで働いていた頃にはしょっちゅう市場で顔を合わせていた人で、野菜づくりの名人だって。今は息子さんに畑を譲って、奥さんと悠々自適《ゆうゆうじてき》の生活だけど、腕が衰えたわけじゃない。むしろ、隠居《いんきょ》した今のほうが時間に余裕もあるし、採算抜きで自分の好きなようにつくれるわけだから、いい地面があれば、何か育てたくなるんじゃない？現にあの出来映えだからね」

シェラが顔を輝かせた。

「その朝市はちょっと覗《のぞ》いてみたいですね」

「だったら、今からでも間に合うんじゃないかな。野菜だけじゃなくて果物も植物もあるみたいだから。行ってみる？」

「はい。ぜひ！」

乗り気の銀の天使に対し、金の天使は冷静だった。

「買うのはいいけど、連邦大学まで持って帰るのは難しいんじゃないか。確か検疫《けんえき》があるだろう」

「でしたら、お昼にいただいてしまいましょう」

「ルーファ、どうする？　一緒に来る？」

「うーん。今日は遠慮しとく」

黒い天使の心は今、鬼林檎にあるらしい。

朝市が開かれている場所を聞いたリィとシェラは、業務用の昇降機を使うのではなく、厨房から店内のホールに出た。無人タクシーを呼ぶには正面玄関に降りたほうが都合がいいからだ。

すると、ちょうど外のテラス席から、誰もいない店内に入ってきた人と出くわした。

運送会社の制服を着た四十年配の男性だった。

リィもシェラも驚いて足を止めた。

この服装の人が毎日この店に出入りしているのは知っているが、今はまだ午前中である。

男のほうも子どもに出くわして、意外そうな顔で立ち止まり、丁寧《ていねい》な口調で話しかけてきた。

「ラヴィーさんはいらっしゃいますか?」

「お待ちください」

シェラが答えて、ルウを呼びに行く。

ホールに出てきたルウは怪訝《けげん》な顔で男を見つめ、男は礼儀《れいぎ》正しく会釈して名乗った。

「初めまして。ジョン・ファレルです」

「ルーファス・ラヴィーです。ぼくに何か?」

ファレルは頷いたが、少年たちに一瞥《いちべつ》をくれた。

この子たちの前では言えないという意思表示だが、ルウは微笑して首を振った。

「ご心配なく。ぼくに話す必要があることで、この子たちに聞かせられないことは一つもありません。何かあったんですか?」

「はい。我々の仕事には直接関係ないことですが、この場の責任者はあなただと聞いたので、報告する必要があると判断しました」

「何事です?」

「この店の料理長が車で連れ去られました」


ファレルがどんな予想をしていたかはともかく、少なくとも金銀天使は普通の子どものような反応は見せなかった。驚いたり騒いだりはいっさいせず、ただ、すっと表情を引き締めた。

そして黒髪《くろかみ》の青年も恐ろしいくらい冷静な声で、端的に尋ねてきた。

「尾行は?」

「させています」

「車の持ち主は?」

質問の内容がことごとく非常識だが、ファレルも表情一つ変えずに答えた。

「特定しました。ロジャー・セラーズです」

シェラは軽く眼を見張った。リィは苦笑しながら片方の眉《まゆ》をちょっと吊《つ》り上げた。

そういうことなら、テオドールの身に危険が及ぶ可能性はまずないと判断できるからだ。

ルウも肩をすくめ、冗談めかして尋ねたのである。

「あの一家はテオドールさんの料理にかなりご執《しゅう》

心《しん》でしたからね。――どこで拉致《らち》されたんです？」

「拉致とは断定できません。部下の報告では料理長はいかなる種類の拘束《こうそく》もされておらず、抵抗もしていなかったそうですから」

ルウは不思議そうな顔になった。

それならますますもって何も問題は無い。

テオドールが自分の意志で車に乗ったのであれば、拉致どころか『連れ去られた』という表現すら不適当だが、ファレルは依然として無表情で続けた。

「ただし、それが料理長本心からの行動であったかどうかは不明です」

「どういうことです？」

「料理長が市場で買い物を済ませ、駐車場に停めた車に品物を積み終えたところ、二人の男が近づいてきたそうです。二人とも体格のいい男で、料理長はその男たちに両脇を挟まれるようにして、セラーズ家の車まで行ったとのことでした」

「なるほど……わかりました」

ルウは頷いた。

その様子が眼に見えるようだった。

「テオドールさんは納得ずくでその車まで『案内』されたのかもしれないし、有無を言わせず同行するように『強要』されたのかもしれない。どちらとも取れる状況だったんですね」

「そのとおりです」

「その割には、あなたは危機感を覚えて、わざわざぼくに知らせに来た。――どうしてですか？」

「男たちの一人が銃を携帯していたからです」

ルウは驚くより緊張《きんちょう》するより、呆《あき》れ顔になった。

少年たちもだ。

そうなると話がまったく違ってくる。

「……それを先に言ってくれません？」

ルウは真剣味に欠ける口調で精一杯の文句を言い、逆にシェラは真顔で疑問を口にした。

「ですけど、あのご一家は上流階級の方たちです。無頼《ぶらい》の輩《やから》を身近に置くとは思えません」

リィもこの意見に同意した。

「そもそも、ここはシティだ。そんな無頼漢が入り込めるようなところじゃない」

ルウも頷いた。

「許可証があれば武器を持っていても違法じゃない。たぶん、本職の護衛じゃないかな」

そう言いながら黒い天使は眉をひそめている。

昨日のセラーズ一家の様子からして手荒なことはしないはずと思っていたが、穏やかではない。

ルウはあらためて、ファレルに質問した。

「あなたの部下は、その男が銃を抜くところを見たわけではないんですね？」

「見ていたら、拉致だと断言したでしょう。脅《おど》して連れて行ったことになりますから。実際には部下は上着の下のホルスターに気がついただけです」

さすがに目の付け所が違う。

「そもそも、あなたの部下にテオドールさんの後を付けさせていたんですか？」

「はい。料理長の外出時には眼を離さないようにと、命じていました」

「どうしてです？」

「あの料理長は今回の仕事の『鍵となる人物《キーパーソン》』だと判断したからです。料理長がいなければ、あの絵を運ぶ必要もないはずですから」

「正解です。それ以前に店が開けられませんよ」

ルウは真顔で言い、不思議そうに尋ねた。

「それがわかっていて、どうしてテオドールさんを連れ戻さなかったんです？」

「我々の独断で行動に移る是非《ぜひ》を判断しかねたのが主な理由ですが、車の行き先が問題だったのです。迂闊《うかつ》には近づけません」

「どこです？」

「ウォルナット・ヒルです」

リィが小さく呟いた。

「あそこか……」

シェラも小声で同意する。

「厄介《やっかい》ですね……」

ウォルナット・ヒルはシティの郊外にある街だが、ただの街ではない。

単に高級なだけではない。『超』がつく高級住宅街だ。保障する街でもある。街全体が塀《へい》に囲まれ、出入り口は一つしかなく、その出入り口も塀も二十四時間態勢で監視されている。

外部の人間は住人と同伴するか、もしくは住人に招待されなくては街の中に入れないのだ。

ルウも念を押した。

「それじゃあ、あなたはテオドールさんの居場所を確認したわけではなくて、あの人を乗せた車が街の中に入るのを見届けただけなんですね？」

「その通りですが、料理長が街から出ていないのは間違いありません。加えて、ロジャー・セラーズはウォルナット・ヒルに居を構えています」

つまり、テオドールの居場所はほぼ明白だ。

リィが相棒に向かって提案した。

「セラーズさん家《ち》に連絡してみるか？」

ルウは首を振った。

「来てないって言われたらそれまでだよ。そこまで悪辣《あくらつ》なことをするとは思いたくないけど……」

言葉を濁《にご》した青年は、不意にファレルを見た。

「あなたがボスですか？」

唐突《とうとつ》な言葉にファレルは問いかけの視線を向け、
ルウは微笑して続けた。

「今まで三人、班長らしき人に会いました。勝手に役職をふらせてもらいましたけど、パークスさんがキャプテン。アレンビーさんがチーフ。キンケイドさんはリーダー。――で、あなたが彼らのボス？」

いっそ無邪気《むじゃき》な問いに、ファレルは微笑した。

「わたしにも上司《ボス》はいますが、今回の仕事の総轄《そうかつ》という意味でしたら、確かにそうです」

「それじゃあ、今日も予定通り絵を運んでください。今からテオドールさんを迎えに行ってきます」

リィが言った。

「紹介者はどうする？」

「住人なら必要ないよ」

「……住人？」

「そう。それも結構大きな家だもん。楡《にれ》の木荘《きそう》って、名前はアパートみたいだけどね」

リィとシェラには意味のわからない言葉だったが、ファレルが珍しくも戸惑い顔になった。

「楡の木荘は、確か……逮捕された前《ぜん》エレメンタル館長宅であったと思いましたが……」

「今はぼくん家《ち》です」

ファレルが眼を丸くしたのは当然として、二人の子どもたちもさすがに驚いた。

「買ったんですか？　あのお屋敷を？」

「何でまた？　実際に住むわけでもないのに」

ルウはのんびりと二人の疑問に答えたのである。

「前の持ち主がああいう形でいなくなったからね。名門の家柄《いえがら》なのに、とんだ恥《はじ》さらしだっていうんで、売りに出されたんだけど、何しろ特殊な場所でしょ。滅多《めった》な人には売れないし、なかなか買い手がつかなくてね、管理組合みたいなところが困ってたんだよ。大きな家だから壊すにもお金が掛かる。かといって空《あ》き家《や》のままじゃあ、街の景観に関わる。それなら『ぼくが買いまーす』って立候補したんだ」

この人の突拍子《とっぴょうし》もない行動はいつものことだが、リィはあえて追及した。

「いや……だから、何で？」

「一つ持ってたら便利かなって思って」

ファレルはまだ信じかねる顔つきだった。

間違っても二十歳そこそこの若者がそんな理由で買える代物《しろもの》ではないのだが、恐ろしいことに子どもたちはその点は気にならないらしい。

二人して呆れたように言ったものだ。

「変なところで無駄遣《むだづか》いするんだなあ……」

「手入れだけでも大変ですよ。どなたか、お屋敷のお世話をする人はいるんですか」

「うん。働いてもらってるよ」

ルウはファレルに確認した。

「テオドールさんの車はまだ駐車場ですか？」

「はい」

「案内してください」

「あの車で、料理長を迎えに？」

「買った荷物が積んであるんでしょう。それは回収しないといけないし、連れ戻したテオドールさんが自力で自分の車にたどり着けるとは思えないので」

「………………」

ファレルは微妙な表情になったが、子どもたちは揃《そろ》って頷いている。

「テオなら大いにありうるな」

「駐車場から市場まで往復するだけなら大丈夫でも、別の方向から向かうのは、厳《きび》しいかもしれません」

「しかも借り物の車だからね。買った品物が積んであるなら、さすがに間違えないとは思うけど」

成人男性について話しているとはとても思えない内容を真面目に述べて、ルウはファレルに尋ねた。

「ぼくたちも外から降りていいですか？　あなたを正面玄関に連れて行くと、他のお客さまに見られるかもしれないので。ぼくたちはかまわないんですが、ミシェルさんが困ると思うんです。あなたもです」

ファレルは微笑して、三人をテラスへ促《うなが》した。

「ご案内します」

ウォルナット・ヒルには実は住人以外の出入りも頻繁《ひんぱん》にある。街の整備や清掃を担当する人もいれば、住人からの注文品を届けにくる業者もいるからだ。

無論、それらの人たちは事前に身元の登録をして、街に入る際にも人物認証が必須となっている。

今、黒い商用車《バン》が街の入口に近づいてきたので、『門番』の警備員は止まるように指示を出した。

この街の門は入口と出口が別々に併設《へいせつ》された一方通行である。開閉装置を兼ねた詰め所には警備員が常駐し、大銀行の金庫室並の警備に守られている。

車は素直《すなお》に指示に従い、定位置で止まったので、警備員の一人が照合装置を手に車に近づいてみると、運転していたのは学生のような若者だった。

「こんにちは」

笑顔で話しかけてきたが、警備員は首を捻った。

照合装置を使うまでもなく、こんなに若い業者の出入りがないことくらいは把握《はあく》している。

車の中を見ると、二列目の座席に中学生くらいの子どもが二人座っていた。三列目の座席は収納して荷台にしており、籠《かご》や袋に入った野菜やら瓶《びん》やらをいっぱい積んでいる。

これは行商のアルバイトかと判断して、警備員は言った。

「悪いな。ここは登録した業者しか入れないんだ」

「登録ならありますよ」

「いや、ないだろう」

「業者ではなくて、住人としての登録です」

「はあ？」

「それで確認してください」

警備員は呆気にとられながらも、いつもの動作で、右手の照合装置を青年の眼に向けた。

虹彩《こうさい》認証の結果を見て、息を呑《の》んだ。

「……しっ、失礼しました！　お通りください」

慌てて認証結果を仲間に送り、門を開けるように指示を出す。

冷や汗を流す警備員に、車の中から子どもたちが、笑顔で声をかけてきた。

「お仕事、お疲れさまです」

「この車じゃあ、業者に見えても仕方がないからね。気にしないで」

車が入口を通過する際、詰所の警備員も運転手と同行者の顔を監視装置で確認し、意外な姿に驚いて、戻って来た同僚に尋ねたのである。

「今の、新しい業者か？」

「違う、住人だよ。それも高級街《ハイクラスエリア》の住人だ」

「ほんとかよ……」

高級街と商用車の組み合わせははっきり言って、

水と油だ。これほど異質な取り合わせもない。

しかし、警備員も交代制なので、住人全員の顔を覚えているわけではない。

「……変わった趣味なんだな」

釈然としない思いをしながらも、それで片付けた。

無事に門を突破したものの、この街はかなり広い。

家の大きさもさまざまで、奥へ進めば進むほど、大きな邸宅が建ち並んでいる。そんな街並の中を、ルウは迷う様子もなく軽快に車を走らせているので、リィは不思議に思って尋ねた。

「セラーズさん家《ち》の場所、占ったのか?」

「ううん。この街の住人になると、こういうものが送られてくるんだよ」

ルウは運転しながら、運転席の前に固定していた端末《たんまつ》を片手で取り、後部座席に差し出してきた。

受け取って見ると、地図が表示されている。

一軒《いっけん》一軒の敷地や、おおまかな家の形までわかる住宅地図だった。その上に表札が記されている。

誰がどこに住んでいるか一目瞭然《いちもくりょうぜん》だ。もちろん、住所検索《けんさく》もできるようになっている。

リィは疑わしげに言った。

「プライバシーの侵害には当たらないのかな?」

「なんで? 住宅地図自体は違法でも何でもないよ。一般には流通していないけど、この街に出入りする業者さんには支給されてる。それに、実際に住んでいる人にとっては、近所にいるのがどんな人なのか、はっきりわかっていたほうが安心なんだよ」

シェラが頷いた。

「住人が入れ替わったら、すぐにわかりますしね」

「そういうこと」

シェラはリィから端末を受け取って、珍しそうに地図を表示させていたが、やがて妙な顔になった。

「ルウ……」

「なに?」

「現在の楡の木荘は……アーサー・ヴァレンタイン

「家賃はもらってないから大丈夫」

シェラも心配そうに尋ねた。

「あの、そもそもヴァレンタイン卿はこのお屋敷を借りたことをご存じなんでしょうか？」

「事後承諾《じごしょうだく》で報告しといた」

さすがは非常識の帝王とも言うべき黒い天使だが、金銀天使は何とも言えない顔になった。

リィが疑わしげな口調で言う。

「……あんな大きな屋敷を『無償《ただ》で借りてね』って、い、ありなのか？」

普通に考えたら、当然、なしだ。

シェラも難しい顔で考え込んでいる。

「『貸してね』でも論外ですけど、そういうことを言い出す非常識な人なら時々います。自分には何の権利もないのに都合のいいように考える困った人が。もちろん、無償で借りられるわけがありませんけど、今回の場合は……」

躊躇《ためら》いがちにシェラは続けた。

「卿《きょう》宅と表記されていますよ？」

父親の名前を聞いたリィが吹き出した。

ルウは楽しげに笑っている。

「そりゃあそうだよ、ルーファス・ラヴィー宅じゃ、何かとまずいもん。大丈夫。アーサーの個人情報もちゃんと登録してもらったから」

さすがに呆れてリィは言った。

「いいのか、それ。アーサーもルーファも実際には住んでないのに、虚偽《きょぎ》申告になるんじゃないか？」

「そんなことないよ。ぼくが家の持ち主で、それをアーサーに貸した形になってるだけだから。借りた本人が実際にここに住むかどうかは問題じゃない。

——アーサーが何か用事があってシティに来た時に、ホテル代わりに使えばいいんじゃない？」

生物学上の父親が以前に言った言葉を思い出して、リィはやれやれと肩をすくめた。

「こんな超高級住宅街。地価を考えると恐ろしくて、とても住めないって言ってたのにな……」

「ある意味、これも立派な名義貸しになりますけど、卿に支払い義務は発生しませんし……」

　リィは疑わしげに言った。

「正確には発生してるんじゃないか？　アーサーが支払う前にルーファが勝手に払ってるだけで……」

　何もかも、あまりにも非常識だが、運転している本人だけは気楽なものだ。

「だって、こっちからお願いして借りてもらうのに、お金を取るわけにいかないでしょ」

　恐らく卿は『そういう問題じゃない！』と、声を限りに叫んだはずだが、無駄な抵抗である。

　卿の心中《しんちゅう》を慮《おもんぱか》って後部座席の二人は嘆息《たんそく》したが、運転手はどこまでも能天気だった。

「きみたちの個体情報も登録する？　そうしたら、好きな時に別荘として使えるよ」

「……遠慮しとく」

# 13

セラーズ邸はモダンな造りの家だった。

無機質な白い壁に大きな硝子《ガラス》が多用された外観は全体的にかっちりとした直線を描き、屋根も屋上があるのか、平たい形をしている。

広い敷地には塀《へい》も門扉もなく、整備された通路が屋敷まで続いている。

人の気配はない。

ルウは堂々と敷地内に侵入して車を止めた。

三人はまっすぐ玄関に突撃したが、リィが不意に足を止めた。

「裏のほうに誰かいる」

ルウとシェラには何も聞こえなかったが、リィの五感は常人の比ではない。そのことを二人とも知り抜いているので、彼に倣《なら》って立ち止まった。

「――あの奥さんの声だ。テオを呼んでる」

家の右側にタイルと細長い花壇《かだん》で飾られた立派な通路があって、裏手まで伸びている。

三人は通路を進んでみた。

家の横を通って裏へ行くと、表部分とはまったく違う景観が広がっていた。

足下のタイルは枕木に変わり、その隙間《すきま》から草が萌え、正面には睡蓮《すいれん》の浮かぶ池があり、蔦《つた》の絡《から》まる橋がかかっている。池の向こうには木々が立ち並び、緑が茂《しげ》り、庭仕事の道具を入れてあるのか、小さな丸太小屋も見える。池の手前には高さの違う様々な草花が咲き群れていた。花壇はない。自然の風景をそのまま活かした庭だった。

ルウが庭を見渡して感心したように言う。

「……素敵《すてき》だねえ。ぼくん家《ち》でもやろうかな」

池の手前、咲き群れる花の傍《そば》にテオドールがいた。植物の匂いを嗅《か》いでいるようで、中腰であちこち動き回っている。

彼のすぐ後ろにパトリシアがいて、おろおろした様子で、しきりと彼に話しかけていた。

「ダナーさん。あの、お願いですから台所に……」

テオドールは明らかに聞いていない。

とうとう地面に両手両膝《りょうひざ》を着いて、植物の根元を嗅ぎ始め、パトリシアはいっそう狼狽《ろうばい》している。

三人はそんな彼女の後ろから近づき、ルウが声をかけた。

「お邪魔《じゃま》します」

パトリシアが驚いて振り返る。

「あなたたち。どうしてここに……?」

「それはこちらがお尋《たず》ねしたいことです」

顔こそいつものように笑っているが、黒い天使の声も視線もいささか厳《きび》しい。

「――無理強《むりじ》いしたんですか?」

唐突《とうとつ》な詰問にパトリシアは面食らった。

「何ですって?」

「見ていた人がいるんです。屈強《くっきょう》な男二人を使って、この人を強引に連れてきたんですか」

パトリシアは呆気《あっけ》にとられたようで、まじまじと眼を見張ったが、二人の少年と青年の非難に満ちた眼差しを向けられて、急いで首を振った。

「とんでもない! ご招待しただけです! 確かにうちの運転手と護衛《ボディガード》が車までお連れしましたけど、決して手荒なことなどしていません!」

嘘《うそ》を言っているようには見えなかった。

テオドールがようやく地面から立ち上がったので、ルウは今度は彼に質問した。

「この人に『一緒に行く』って言ったんですか?」

テオドールは少し考えて、首を振った。

「いんや……」

「ここまで来ることを承諾《しょうだく》はしていない?」

「いつの間にか、車に乗せられてたな……」

「そんな!」

パトリシアが悲鳴をあげる。

ルウは彼女を制してテオドールに尋ねた。

「それじゃあ、どうしてここまでおとなしく連れてこられたんです？」

「匂いがしたんだ」

「何の？」

「わからねえ……」

聞いているほうも何が何やら、さっぱりであるが、少なくとも強要されたわけではないらしい。

ルウは苦笑を浮かべてパトリシアに言った。

「少し、性急すぎたようですね」

やんわりたしなめる口調だったが、パトリシアはそれどころではない。テオドールがやっとまともに話したのを見て、勢い込んで言った。

「お願いします。ダナーさん。娘に食事を……」

かなり切羽詰まった様子だったので、ルウは少し優しい口調で尋ねた。

「テオドールさんのご飯でないと食べたくないとか、わがままを言ったんですか」

「いえ、そんなことは……ありませんけど」

パトリシアは言葉を濁《にご》した。

彼女の生まれ育った環境では、身内の事情をそう簡単に部外者に打ち明けることは許容されないのだ。

赤の他人の若者と少年たちに、こんな内輪の話をしてもいいのか躊躇《ためら》っていたようだが、思い切って言い出した。

「昨日の夜も、今朝も、食事を取っていないんです。うちの料理人もいろいろと試してくれたんですけど、何も手を付けなかったらしくて……。このままでは娘の身体が心配だったものですから……」

「それでテオドールさんを連れてきた？」

「はい。お友達から、その方も以前にダナーさんのお料理をいただいて絶賛されていた方ですけど――朝市でダナーさんを見かけたと話されていたので、藁《わら》にもすがる思いで出向いてみました。そうしたら、本当にダナーさんにお目にかかれたものですから、事情を話して、ぜひ当家にお越しくださいとお願いしたんです」

テオドールが何も言わないでいたのを、承諾してくれたと思い込み、車に連れ込んだらしい。

リィが訊《き》いた。

「テオが気づいた匂いって、どんな匂い？」

「料理に使えそうなやつだ」

この偏屈《へんくつ》料理人との会話を比較的可能にしている金銀黒天使にして、揃《そろ》って天を仰《あお》いだ。

しかし、ここでめげてはいられない。

テオドールにしてみれば当たり前のことを言っているだけなのだ。それがわかっていたので、リィは根気よく質問を続けた。

「その匂いのもとが庭にあると思ったんだ？」

「……ああ」

「植物なのかな？　だとしたら食用の草はたいてい低いところに生えてるはずだけど……」

「野菜です」

シェラが律儀《りちぎ》に訂正し、テオドールは首を振った。

「草じゃねえな。花だ。たぶん」

「どうしてそう思う？」

「花びらがくっついてた」

「どこに？」

「……でかい男だ」

ルウがパトリシアを見て言った。

「運転手さんと護衛さんを呼んでくれませんか」

「え？」

「この人の話をまとめると、その二人のどちらかに何らかの花びらが付着していた。その匂いは料理に使えそうだったので、ここまで探しについて来た。そういうことのようですよ」

パトリシアは驚きの視線を青年に向けた。

今の意味不明の説明で、なぜそこまでわかるのか、とても信じられない様子だった。

『あなたは特異能力者ですか？』と顔に書いてある。

あながち間違ってはいないのだが、ルウは笑顔で促《うなが》した。

「お願いできます？」

「あ、はい……」

パトリシアは持っていた小さなハンドバッグから携帯《けいたい》端末を取り出して、どこかに連絡した。

ほどなく、二人の男がやってきた。

一人は運転手の制服、もう一人はスーツ姿だ。

夫人が二人を紹介してくれた。

「運転手のフッカーさんと主人の護衛を引き受けてくださっているディクソンさんです」

どちらも大柄《おおがら》で、がっしりした体格である。

そして、素人《しろうと》にはわからなくても、ディクソンの上着の左脇の違和感に、ルウは一目で気がついた。

あえて答えのわかっている質問をしてみた。

「許可証はお持ちですか？」

ディクソンが片方の眉《まゆ》をちょっと吊《つ》り上《あ》げる。

無言で背広の内ポケットに手を伸ばしながらも、視線だけで、『取り出してもいいか？』と、ルウに許可を求めてきた。間違いなく銃を持ち慣れている人の行動だが、この確認は相手が武装している時にするものだ。

「ご遠慮《えんりょ》なく。ぼくは武装していませんから」

そう言うと、ディクソンは懐《ふところ》から何か取り出して、提示して見せた。

銃の携帯許可証ではなく、護衛職の免許証《ライセンス》である。

専門の護衛は立派な資格職で、さまざまな特権も与えられる。銃の携帯許可もその一つだ。

「ありがとうございます」

ディクソンに礼を言い、青年はパトリシアを見て、ちょっと笑いかけた。

「銃を持った人が、テオドールさんを買い物帰りの車から引き離すように連れて行き、しかも、その後、何の連絡もないとなると、こちらとしても、一応の確認をしないわけにはいかなかったんです」

パトリシアは急いで首を振った。

「いいえ。とんでもない。こちらこそ失礼しました。ディクソンさんが銃を持っていることを、すっかり忘れていましたわ」

そのディクソンはかしこまって言ったものだ。

「ありがたいことに、こちらの仕事についてから、一度も抜いたことはありません」

再び青年が話しかける。

「失礼は承知でお尋ねしますけど、このシティで、あなたのお仕事の出番がありますか？」

厳《いか》めしい表情のまま、ディクソンは答えた。

「一般の方は気づかないかもしれませんが、大勢の同僚が働いています。我々の存在意義は『転ばぬ先の杖』ですので」

出番がないことが肝心《かんじん》だというわけだ。

納得しながら、ルウは質問を続けた。

「ですけど、本来はご主人を護衛するはずですよね。今日は、ご主人は？」

パトリシアが答えた。

「お友達との会合に出席していますわ」

「運転手さんと護衛を置いてですか？」

ルウはもちろん、リィもシェラも眼を丸くしたが、パトリシアはそれ以上に眼を丸くして答えた。

「お迎えの車を出していただきましたもの」

後ろのほうで、少年たちがそっと囁《ささや》き合った。

「……この家《うち》って、アーサーと同じくらいのお金持ちだと思うんだけど、なんか、次元が違うな」

「……そこは、ご主人の趣味もあるかと思いますよ。卿はご自分で運転されるのがお好きですから」

ルウはあらためて、パトリシアに頭を下げた。

「誤解だったようで、よかった。突然押しかけて、すみません。見ていた人が話してくれたんですけど、テオドールさんは体格のいい男の人たちに挟まれるようにして連れて行かれた、その様子が、ちょっと穏やかではないように見えたそうなので……」

「失礼ですが……そのことでしたら」

運転手が初めて口を開き、慎重《しんちょう》な口調で答えた。

「自分がディクソンと一緒だったのは『たいせつなお客さまだから二人でお迎えにいってほしい』との、

奥さまのお言葉があったからです」

再び、少年たちの内緒話である。

「……なのに自分では迎えにいかないんだ？」

「……ご自宅ならともかく、出先《でさき》ですから。良家の奥さまは車に残るのが普通だと思いますよ」

パトリシアの立場では、迎えの人数が多いほうが、誠意を見せられると思ったのだろう。

ルウは本題に立ち返り、二人に問いかけた。

「この人を迎えに行く前、庭に出ましたか？」

ディクソンは否定したが、フッカーが頷《うなず》いた。

「お嬢さまに言われて、鳥の雛《ひな》を巣《す》に戻しました」

「木の上の巣ですか？」

「そうです。――あの木です」

運転手が指さしたのは池の向こうの低木だった。

一同は眼を凝《こ》らしたが、生《お》い茂《しげ》った葉が邪魔して、どこに巣があるかもわからない。

リィが言った。

「花が咲いてるな」

他の人は驚いた。彼らの眼には青々とした枝葉が見えるだけだからだ。

シェラが尋ねる。

「どの辺です？」

「あの木じゃない。隣の高い木だ。ずっと上のほう。あれは鳥しか気づかないな」

ルウが言った。

「行ってみよう」

護衛と運転手に礼を言って引き下がってもらうと、一同は橋を渡って、緑の濃い一角に近づいていった。

運転手が雛を戻したという木は低い位置から枝を張っていたので登りやすい。鳥の巣も、大人が腕を伸ばせば届く高さにあった。問題はその隣の木だ。

下から見上げても、視界いっぱいに枝葉が広がり、木洩《こも》れ日《び》が光っているだけだ。

花など見えないが、リィには確信があるようで、パトリシアに尋ねた。

「登ってもいいかな？」

パトリシアは慌《あわ》てて止めたのである。

「駄目《だめ》よ。危ないわ。落ちたらどうするの？」

「おれが？　木から落ちるの？」

リィはさも心外そうに大きく眼を見張り、ルウとシェラは笑いを噛《か》み殺した。

「そりゃあ猿《さる》も木から落ちるって言うくらいだから、絶対にないとは言わないけど……」

「飛行機が墜落《ついらく》する以上に低い確率ですね」

ルウはパトリシアを安心させるように笑いかけた。

「大丈夫《だいじょうぶ》ですから、この子に任せてください」

リィは返事を待たずに木にとりついた。

下のほうには枝もない太い木なのに、猿顔負けの素早さですするすると登って行った。驚くほど早い。

パトリシアが呆気にとられている間に、その姿は枝葉に隠《かく》れて見えなくなった。

下からは枝葉が揺《ゆ》れている様子しか見えない。と思ったら、何か片手に掴《つか》んで器用に下りて来た。

「これ？」

差し出したのは五弁の小さな白い花だ。

運転手が隣の木に雛を戻す時に、花びらが落ちて、運転手の身体についたのだろう。見えるところなら、払いのけていたはずだから、恐らく首の後ろ辺《あた》りにあったのをテオドールがめざとく見つけたわけだ。

そのテオドールは花の匂いを嗅いで、短く訊いた。

「まだあるか？」

「うん。上にたくさん咲いてた。つぼみもあるよ」

シェラとルウも小さな花に顔を近づけてみた。

確かに、ほのかに甘《あま》い香りを感じるが、シェラは不思議そうに首を捻《ひね》った。

「……お料理に使えるでしょうか？」

「まあ、テオドールさんが使えるって言うんだから、信じるしかないでしょう。——だけど、本当にこの匂いを嗅ぎつけたの？」

ルウの疑問も当然で薔薇《ばら》のように強烈《きょうれつ》な芳香《ほうこう》を放つ花ではないのだ。リィも呆《あき》れ顔《がお》である。

「料理に関することなら警察犬並の鼻だよな」

「人のこと言えないよ。きみは料理以外のことでも警察犬並の嗅覚《きゅうかく》でしょう」

ルウが茶化して、パトリシアに向き直った。

「台所に案内してもらえますか？」

「え？」

「お嬢さんが昨日から何も食べていないんでしょう。育ち盛りなのに、それはいけません。何か食べられそうなものをつくりますから、そのお礼としてこの花を少しいただいてもいいですか？」

パトリシアは大きく頷いた。

「ええ、ええ。もちろんです。お好きなだけ持って行ってください」

そんなわけで、一同は台所に向かうことになった。

ここは裏庭なので、勝手口のほうが近いだろうと思われるのだが、パトリシアは一行をわざわざ正面玄関に案内した。招待した客を勝手口から家の中に通すのは失礼だという彼女なりの判断なのだろう。

玄関を入ると、中年の小間使いが出迎えてくれた。

「お帰りなさいませ、奥さま。お客さまですか？」

「そうなの。ロブソンさんはいらっしゃる？」

「はい。お台所ですよ」

パトリシアに先導されて、一同は台所までかなり歩くはめになった。

家族三人暮らしのはずだが、これだけの大邸宅とあって、台所も眼を見張るほど立派なものだ。設備も充実しており、料理服を着た男性が作業に取りかかっている。

パトリシアがその人物を紹介してくれた。

「料理を担当してくれているロブソンさんです」

「こんにちは」

「お邪魔します」

「お仕事中すみません」

三人はそれぞれ挨拶《あいさつ》したが、テオドールは無言で台所を見渡している。

「奥さま。素人を連れてこられては困りますな」

ロブソン氏は五十年配に見えた。細身で面長で、顎《あご》が割れている。神経質そうな印象の人だ。

大きな眼は忙《せわ》しなく動いて、突然の侵入者たちを見定めている。パトリシアに対する口調も敬語ではあるものの、やや高圧的な感じすら受ける。

逆にパトリシアは遠慮がちに彼に話しかけた。

「ロブソンさん。気を悪くなさらないでくださいね。台所をこの人に貸してあげてほしいんです。今日はこの人にお昼をつくってもらいたいんですの」

その口調からも、ロブソン氏が単なる使用人ではなく、専門家として招かれているのだとわかる。

その彼の自負と誇りを大いに傷つける提案だけに、いかに雇《やと》い主《ぬし》の要請とは言え、氏が素直《すなお》に頷くわけはなかった。

「誰です。この人は？」

苛《いら》だったように詰問したのも無理からぬことで、テオドールは早くも我が物顔で、ロブソン氏の城を歩き回っているのだ。調理器に掛けてあった寸胴《ずんどう》を覗《のぞ》き、小皿を取って、氏が丹精《たんせい》込めて取った出汁《だし》を小皿に移している。

「勝手なことをしないでもらいたい！」

氏が怒《おこ》ったのも当然だが、テオドールはどこ吹く風で出汁を味わい、ぼそりと呟《つぶや》いた。

「……エンパイアの味だな」

ロブソン氏が驚愕《きょうがく》して眼を見張る。

パトリシアは笑顔で手を打った。

「ええ、そうです。ロブソンさんはマーショネスのホテル・エンパイアで料理長を務めた人です」

「……卵粥《たまごがゆ》がうまかった」

ロブソン氏はますます眼を見張った。

「そんなはずはない。あれはまかないですよ。客に出したことはない」

テオドールは意に介さなかった。食料庫を覗き、冷蔵庫の中身を検分して、また呟いた。

「……ケチャップがねえな」

これはロブソン氏には聞き流せないことだった。料理人としての彼の誇りに懸《か》けて断言した。

「あんな低俗なものはわたしの台所《キッチン》にはない！」

「便利なんだがな……」

テオドールはどうしたものかという顔で考え込み、シェラがやんわりと指摘した。

「車の中に確か、手作りケチャップの瓶《びん》がいくつかあったと思いましたが……」

「……駐車場だ」

テオドールが小さく舌打《したう》ちする。

『車は』という主語が抜けているが、シェラは彼の言いたいことを正確に理解して、否定した。

「いいえ。このお宅の玄関先です」

テオドールが顔を上げる。

「……車で来たのか？」

「ええ。必要なら取ってきましょうか？」

ここでルウが意外そうにテオドールに尋ねた。

「あなた、朝市でケチャップを買ったんですか？」

シェラも同じ疑問を感じていたので頷いた。

「それはわたしも不思議に思いました。ケチャップなら、ご主人は自分でおつくりになるのに……」

「……俺には出せない味なんだ」

「えっ⁉」

料理上手《じょうず》な二人の眼の色が俄然《がぜん》、変わった。

それは是非《ぜひ》とも味を見なくてはならない。

「すぐに取ってきます！」

シェラは勢いよく台所を飛び出して行った。

一方、テオドールはパトリシアを振り返った。

「……娘はどこだ？」

パトリシアは急いで言った。

「部屋にいます。ご挨拶させますね。――メリッサ、フローレンスを呼んでちょうだい」

中年の小間使いが頷いて去って行く。

シェラが大きめの瓶を一つ持って戻ってくるのと、召使いに連れられて、フローレンスが台所に入ってくるのはほぼ同時だった。

今日も可愛い服を着ているが、昨日、最初に見た時と同じく悄然《しょうぜん》とした印象だ。

天使たちとテオドールを見て驚いた顔になる。

そんな娘に、母親は嬉《うれ》しそうに話しかけた。

「ダナーさんがご飯をつくってくれるんですって。お礼を言いましょうね」

ところが、テオドールはその礼を言わせなかった。

小型の包丁《ほうちょう》を一本取り、パトリシアに近づいて、その柄《つか》を彼女に向かって突き出したのだ。

パトリシアには意味がわからない。

明らかに受け取れという意図で差し出されている包丁の柄を見つめ、不思議そうにテオドールを見た。

「……ダナーさん？」

「子どもの食うもんは親がつくるもんだ」

「……わたしが、ですか？」

フローレンスの母親はぽかんとなった。

彼女にとっては心底、予想外の要求だったらしい。

困惑《こんわく》したように頭を振った。

「とんでもない。つくれませんわ。わたしは料理をしたことなんか一度もないんですから」

テオドールは聞いていなかった。

今度はフローレンスに言った。

「手伝え」

少女も反応できない。

母親と同じくぽかんとしていたが、テオドールは無言で少女を見下ろしている。

ここで黒い天使がおもむろに進み出た。

抜群の笑顔で、にっこりと少女に話しかける。

「お母さんと一緒にご飯をつくってみない？」

「……え？」

少女は明らかに腰が引けている。

それ以上に母親は青ざめた顔をしている。

その母親はひとまず後回しにして、銀の天使も、優しい声で少女に話しかけた。

「あなたもお料理はしたことがありませんか？」

「……はい」

「それなら、お母さまと一緒に練習してみましょう。自分の食べるものを自分でつくるのも立派な勉強になると思いますよ」

料理をしない金の天使も援護に回った。

「テオ。気持ちはわかるけど、包丁はまだ早いよ」

「……そうか？」

「このお母さんは全然料理をしたことがないんだ。だったら、まずは冷蔵庫を開けるところからだよ」

リィは真顔できっぱりと断言し、ルウとシェラもさもありなんと頷いた。

テオドールは虚《きょ》を突かれた様子で、ちょっと眼を見張って金髪《きんぱつ》の少年を見つめ、包丁を引っ込めた。

「……そこからか？」

「うん。これはおれの実体験だけど、そこに食材が入っているって知らなかったんだ」

「……そうか」

真顔で頷いて、テオドールはパトリシアに言った。

「……開けてみろ」

視線を向けられたパトリシアはすっかり狼狽して、自宅の台所を見渡して、おそるおそる問いかけた。

「あの……どれが冷蔵庫でしょう？」

天使たちは失笑を嚙み殺した。

一般家庭では考えられないことだが、要するに、彼女はこの家の女主人ではあっても主婦ではないということだろう。

三度の食事はもちろん、珈琲《コーヒー》や水一杯にしても、言えば使用人が用意して持ってきてくれるもので、自分で整えたことはないし、その発想もない。

さっきテオドールが冷蔵庫を開けていたはずだが、その時もまったく注意を払っていなかったらしい。

テオドールは無言で冷蔵庫を指さした。

勝手に話を進められて取り残されたロブソン氏は苦虫を嚙み潰《つぶ》したような表情で抗議した。

「わたしの職場で勝手なことをしないでもらいたい。そもそも、きみは何者だ⁉」

「テオドール・ダナー」

ロブソン氏の表情の変化こそは劇的だった。

愕然と立ち尽《つ》くし、信じられないものを見る眼で、突然の無愛想な侵入者を見つめたのである。

「まさか……彼は連邦大学の店にいるはず……」

「改築中だ」

ロブソン氏はテオドールの名前は知っていても、顔は知らなかったのだろう。呆気にとられている。

ルウがロブソン氏に問いかけた。

「この人のお店に行ったことがあるんですか？」

「……昔、一度だけ」

呆然《ぼうぜん》と頷いたロブソン氏はただちに形をあらため、最大の敬意を持ってテオドールに向き合った。

「お目にかかれてまことに光栄です。ですがあの、うちの卵粥を召しあがったというのは本当ですか。わたしはエンパイアの厨房《ちゅうぼう》にあなたをお招きした覚えはありません」

「厨房には入ってねえよ。客として行った」

「ですから、お客さまにあれは出しません！」

ロブソン氏は混乱して悲鳴をあげたが、ここでも黒い天使が驚異的な察知能力を発揮《はっき》した。

「もしかして、奥さまと一緒に行ったんですか？」

「ああ」

「そして、その時、ホテル・エンパイアの厨房では奥さまの知人が働いていたとか？」

「ああ」

「それじゃあ、注文も奥さまがしたのかな？」

「献立表《メニュー》なんざ、見たことはねえ」

素っ気なく言って、テオドールは肩《かた》をすくめた。

「アンヌはいつも、知り合いを見かけると『ここで一番美味《おい》しいものをお願い』って言ってたんだ」

「なるほど。それで、ロブソンさんの部下の誰かが、卵粥を出したと」

「そこの出汁と同じ味だ。美味《うま》かった」

ロブソン氏は今や感動のあまり身震いしている。

パトリシアがそんな氏に、そっと話しかけた。

「あのう……冷蔵庫を開けてもかまいません？」

ルウが呆れて言う。

「そんなに遠慮しなくても、あなたの家でしょうに。

自分の家の冷蔵庫を開けるのは当たり前です」

「でも、ここはロブソンさんの仕事場なんですから、勝手なことはできません」

律儀な人である。

ロブソン氏も困惑した様子だった。

「ミスタ・ダナーが料理をしてくださるというのであれば、この場にあるものは喜んで提供しますが、失礼ですが、奥さまに調理は難しいのでは？」

なかなかはっきり言う人である。

ルウは笑って言った。

「あなたは専門家で、奥さんは素人です。素人には素人なりのやり方があるんですよ」

リィも加勢した。

「そうそう。本格的な料理でなくてもいいんだよ、たいていのものは塩を振って火を通せば、だいたい食べられるようになるもんだ」

「そんな、適当な！」

料理人としての矜持《きょうじ》に大きく関わる問題だけに、聞き流せなかったのだろう。氏は悲鳴をあげたが、テオドールもリィの意見に頷いた。

「適当で上等じゃねえか。食えることが肝心だ」

そう言ってパトリシアに、冷蔵庫からいろいろと取り出すように指示した。と言ってもソーセージに卵、冷凍されたライス、バターくらいだ。

パトリシアはおっかなびっくり指示に従ったが、はっとしたように言い出した。

「料理をするなら手を消毒したほうがいいのかしら。ロブソンさん。何かお持ちではない？」

「手袋がございます、奥さま」

「嵌《は》める前に手を洗うのよね？」

「それが望ましいかと存じます」

シェラがフローレンスを促した。

「あなたも手を洗って、手袋をしましょうか」

そんなわけで母と娘は恐ろしく真剣に手を洗い、極薄の手袋を装着した。

と言っても、テオドールが示した調理法は決して難しいものではなく、むしろ極めて簡単だった。

まずソーセージを二本、まな板に載せ、一センチ幅くらいに切るように言ったのだが、パトリシアにとっては一大事だったらしい。

両手で包丁を握りしめて、ぶるぶる震えている。

「あの、いっ、一センチって、どのくらいですか⁉ 物差しか何かありません⁉」

ロブソン氏は頭を抱え、黒と金の天使は苦笑し、意外に辛辣《しんらつ》な銀の天使がもの申した。

「箱入り育ちのお嬢さまとはいえ、もう少し刃物に慣れておくべきだと思いますよ」

「はい！」

「いちいち物差しで測る必要はありません。一口で食べられる大きさでいいんです。お気楽に」

「わ、わかりました！」

真剣な表情で『えい！』とばかりにソーセージを輪切りにする。

こんな手つきでは一つ一つの大きさが揃うわけがないので、パトリシアは大失敗だと青ざめていたが、テオドールは気にしなかった。

ライスの容器を渡して言った。

「解凍しろ」

昨今の調理機器は非常に便利にできている。単なる加熱の他にも、蒸《む》す、天火《てんぴ》にする、焼き目を付ける、その加減を調整するなどの機能があるが、パトリシアは調理機器に触ったことなどない。

単純な加熱の仕方も時間もわからなかったので、ロブソン氏に教えてもらって、何とかやってのけた。

テオドールの指示で別の耐熱容器にライスを移し、バターとソーセージを入れる。

そこでケチャップの出番になった。

「味付けはこれだけですか？」

「もともと出汁で炊いてあるからな」

ケチャップの瓶の蓋《ふた》を開けた時、ルウもシェラもロブソン氏もこぞって味見をさせてもらった。

じっくり味わったロブソン氏は、不承不承ながらその味を認めたようだった。

「これも一種のソースと考えればよくできています。時短料理には便利かもしれません」

ルウとシェラは素直に美味しいと評価した。

「ほんとだ。テオドールさんの味とは違うね」

「はい。少し甘みが強いように感じます。ですけど、この味がマスターに出せないんですか？」

テオドールは肩をすくめた。

「……トマトが違うんだ」

なるほど――と、二人は納得した。

連邦大学では手に入らないトマトならば、確かにテオドールにはつくれるわけがない。

「野菜の味は土の味だからな。これをつくれるのはポンピドゥじいさんだけだ」

この間、フローレンスは手袋をして待っていた。

彼女に与えられた仕事は耐熱容器にケチャップを何杯か加えて、大さじでかき混ぜるというものだ。

テオドールがぶっきらぼうに言う。

「飯《めし》の白いところがなくなるまで、匙《さじ》でかき混ぜて、平《たい》らにならせ」

難しい作業ではないはずだが、大さじを手にしたフローレンスは困ってしまっている。

「……ママが、食べ物で遊んじゃいけませんって」

ルウが優しく言った。

「そうだね。お皿に盛られた料理をぐちゃぐちゃにするのはお行儀が悪いけど、これは料理になる前の材料だから混ぜても平気。むしろ、かき混ぜないと、美味しくならないんだよ」

リィも応援した。

「思いきりやっちゃいなよ」

フローレンスはそれで安心したらしい。真剣な表情で、耐熱容器の中の材料を一生懸命《いっしょうけんめい》、混ぜ始めた。

一方、パトリシアは卵を割るようにと言われて、硬直して立ち尽くした。

「わ、割るんですか、これを？」

明らかにやったことがない様子にリィが苦笑する。

「ゆで卵って、食べたことない？」

「あります。でも、朝食のゆで卵はあらかじめ殻《から》を取り除いて出されますから」

シェラが納得して言った。

「黄身だけ召しあがるわけですね」

「はい。でもこれは……中身は生《なま》でしょう？」

テオドールが、ぼそりと呟いた。

「……鶏《とり》はゆで卵は生まねえ」

金銀黒天使に加え、ロブソン氏までがおもむろに頷く中、パトリシアは卵を手におろおろしている。

金銀黒天使は彼女を笑ったりはしなかった。

誰にも、どんなことにも『初めて』はあるものだ。

特にシェラはこういう女性を知っていた。

さっきは厳しいことを言ってしまったが、厨房に入ることなど想像もできない、一児の母となっても卵を割ったことすらなく、ゆで卵は半熟に仕上げた黄身しか食べたことはない、そういう階級に属する女性たちをよく知っていたのである。

とはいえ、このままでは埒《らち》があかない。

親切に教えてやった。

「卵同士をぶつけてみるといいですよ」

予想外の指示にパトリシアは飛び上がった。

「そんなことをしたら両方ともつぶれませんか？」

「そうですね。力ずくでぶつけたら大惨事《だいさんじ》ですけど、少しずつ気をつけてやる分には大丈夫です。試してみてください」

言われたとおり、おっかなびっくり、こつこつと卵同士をぶつけると、本当に片方にだけ、きれいにひびが入ったので、パトリシアは驚いたらしい。

ひびの入った卵を割るのがまた一苦労だったが、どうにか中身だけをボウルに落とすことに成功した。

しかし、割る卵は三つ。最後の一つをどうすればいいのかとまた狼狽する彼女にシェラは助言した。

「まな板に軽くぶつけてください」

シェラは料理の達人なので片手で難なく割れるが、

素人には――ましてやパトリシアには不可能だ。

「えっ？　卵をですか？」

「平らなところならどこでもいいんです。ひとまず、まな板で試してみましょう」

「あの、ぶつける時、卵は横向きですか？」

質問する彼女があんまり真面目なので、シェラも真顔で答えた。

「はい。横向きです。力加減に気をつけてください。あまり弱いと割れませんから」

料理教室の初歩の初歩でもパトリシアにとっては大仕事である。

妙に真面目なのはフローレンスも同様で『平らにならす』という作業に自信がなかったらしい。

耐熱容器の端《はし》から端まで完全に水平にしなくては――と思い詰めたようで、不安そうに尋ねてきた。

「……水準器はないですか？」

リィとルウが笑って励《はげ》ました。

「そんなに正確でなくていいんだよ」

「そうだよ。それより、あんまり力を入れてご飯をぎゅうぎゅうに押しつけたらだめだよ。仕上がりが美味しくなくなるからね」

パトリシアは何度か試した後、めでたく卵を割ることに成功した。割った卵に出汁と砂糖を加えて、よく混ぜあわせ、フローレンスがならしたケチャップライスに掛け、耐熱容器の蓋をして、調理機器で加熱する。

その間に、テオドールは野菜スープをつくったが、出汁を鍋《なべ》に移す際、ロブソン氏に断りを入れた。

「ちっと、手を加えていいか」

「はい！　どうぞ」

と言っても、テオドールは塩を少々振っただけだ。

この厨房の戸棚には塩だけでも何十種類もあるが、テオドールが選んだ塩を見て、ロブソン氏は驚いた。

汁物には通常、使わない種類だったからだ。

人参《にんじん》、玉葱《たまねぎ》を細かく刻み、別鍋で炒《いた》め、玉蜀黍《とうもろこし》とベーコンを加えたものを出汁に入れて牛乳を足す。

ものの五分としないうちに料理が完成した。

スープにしては具だくさんで、シチューにしては、とろみに欠ける汁物である。

同じ頃、調理機器が加熱終了を知らせ、はらはらしながら見守っていた母と娘は歓声をあげた。

調理機器から取り出したのは、多少形は歪《いびつ》だが、まごうことなきオムライスである。

「すごいわ！　本当に食べ物ができた！」

パトリシアは感動して叫び、フローレンスも顔を輝かせている。

「……お料理したの、初めて」

テオドールが汁物を器《うつわ》によそいながら言った。

「……料理ってほどのもんでもねえ」

ルウが母娘に笑顔で話しかけた。

「いいえ、とても美味しそうですよ」

ここでパトリシアは女主人としての立場に返り、客人たちに言うべき言葉を言った。

「せっかくですから、皆さんもご一緒にどうぞ」

ほとんど習慣から出た言葉だろうが、天使たちは笑顔で謝絶した。

「ぼくたちは遠慮します。花を摘《つ》んで帰らないと」

「第一、そのお料理は二人分ですよ」

「冷めないうちに食べちゃいなよ」

リィが言って、フローレンスに問いかけた。

「昨日の夜も今朝も何も食べてないって聞いたけど、何か理由があるのかな？」

少女は気まずそうにしながら打ち明けた。

「……お腹が空《す》かなかったんです……」

ルウが納得して頷いた。

「昨日のお昼にずいぶんたくさん食べたものね」

しかし、リィは信じられなかったらしい。

遠慮がちに訊いたものだ。

「えっと、あれだけで？　今朝になっても、お腹が空かなかった？」

ハンバーガー一つ半とスープだけでは、リィにはほんの一口である。身体の小さな女の子だとしても、子どもならなおのこと、すぐにお腹が空くものだ。

少女も困ったような顔で、こくりと頷いた。

「食べようとしたんですけど……美味しくなくて」

ロブソン氏を気にして、申し訳なさそうに言う。

食事をつくってくれる人を尊重しなくてはという気持ちを、この少女はちゃんと持っているのだ。

しかし、現実に食が進まない。

フローレンスが困っているのと同様に、ロブソン氏も忸怩《じくじ》たるものがあるようだった。

セラーズ夫妻は氏の料理を絶賛してくれているが、子どもとはいえ、家族の一人に食べてもらえないとあっては氏の沽券《こけん》に関わるのだろう。

すると、ルウがあっさりと言った。

「お母さんと一緒に食べるといいよ」

シェラも同意した。

「そうですよ。原因はわかりきっています。一人で食べるから美味しくないんですよ」

そう言われて、少女は初めて、昨日の食事の何が、普段の食事と違ったのかに気がついた。

思わず母親を見た。

母親も驚いたように娘を見返している。

そんな中、リィは不思議そうに首を傾《かし》げていた。

「だとしたら、昼も食べないっていうのは何でかな。学校では友達と一緒に食べてるんじゃないの？」

この問いかけに少女は首を振った。

驚いたのがパトリシアだ。慌てて問《と》い質《ただ》した。

「ビュッフェなのに、どうして一人なの？　まさか——まさか、一緒に食べるお友達がいないの？」

おそるおそる尋ねると、娘は急いで首を振った。

「友達はいるけど、一人ずつ、別の席なの」

リィとシェラが顔を見合わせた。

「おれたちは食堂で、好きな席に座って食べるけど、別々の席？」

「カウンター席ということでしょうか？」

フローレンスは首を振り、たどたどしく説明した。

「授業では、好きな席に座って、友達と話しながら勉強するけど、ビュッフェでは……」

「おしゃべり禁止？」

「禁止ではないけど……静かにって」

ルウが苦笑しながら頷いた。

「学校によっていろんな教育方針があるんだねえ。それならなおさら、家ではお母さんと一緒に食べるべきだと思うよ。ロブソンさん。これからも時々でいいですから、このお二人にお料理をさせてもらえませんか？」

この申し出に、ロブソン氏は困惑した。

「しかし、いつもこういう料理ではわたしの仕事がなくなります」

「ええ、もちろんです。ただ、お母さんのつくった料理っていうのは子どもには特別なんですよ」

オムライス用の皿を用意しながら、テオドールも同意した。

「うちの倅《せがれ》も、小さい頃は、アンヌの料理のほうを好んで食ってた」

ここでシェラが提案した。

「ロブソンさんは専門家でしょう。いい機会です。いっそのこと、お二人ともロブソンさんにお料理を習ってはいかがです？」

パトリシアははっとしたように、フローレンスは遠慮がちに、揃ってロブソン氏を見た。

二人とも眼が輝いている。

一方、ロブソン氏は難しい顔だった。

料理を教えると言っても、素人以前のこの二人に何を教えればいいのかと悩んでいることは明らかで、シェラは氏を励ますように言った。

「専門家の方に失礼を言うようですが、最初はごく簡単な、調理法《レシピ》の必要もないものでいいと思います。サンドイッチとか目玉焼きとかではどうでしょう」

リィが頷いた。

「それならおれでもつくれる。簡単だよ。だけど、まずはそのご飯だ」

テオドールは料理を皿によそい、ルウはその皿とスープを盆《ぼん》に載せて、パトリシアに差し出した。

「はい、どうぞ」

「ありがとうございます」

パトリシアは緊張《きんちょう》しながら盆を受け取った。

いつもなら召使いにやらせる作業だが、今は人に任せるわけにはいかない。

パトリシアは生まれて初めて、料理の盆を持って、隣の食堂まで慎重に運んだのである。

料理の皿を卓《テーブル》に並べるのも初めてだ。もちろん、フローレンスも手伝った。

「いただきましょう」

「うん」

二人でつくったオムライスは、フローレンスにもパトリシアにも格別の味だったようだ。

テオドールのスープより喜んで食べていた。

特にフローレンスは嬉しそうだった。

いつもは食堂にぽつんと一人で座って、召使いに給仕されながらの食事なのに、今は母親が眼の前に座っていて、一緒につくった料理を食べている。

何を口に入れても味がしなかったのが嘘のようで、笑顔で母親に話しかけた。

「美味しいね、ママ」

「ええ、本当に。初めてつくったにしては上出来よ。わたしたち、料理の才能があるのかもしれないわ」

パトリシアも笑顔で娘に応《こた》えている。

「また一緒に、お料理をつくる？」

「もちろんよ」

パトリシアは力強く頷いた。

「それにね、フローレンス。一緒につくらなくても、いいんじゃないかしら」

「え……？」

少女の顔がちょっぴり曇《くも》ったので、母親は慌てて首を振った。

「ああ、違うの、そうじゃないのよ。いつもは無理だけど——特に夜はパパと出かけなくてはいけないことも多いから……」

夫に同伴して夜会や会食に出向くのは、実業家の妻のもっとも重要な仕事と言っていい。そんな時は十歳の娘が起きている時間に家には帰れない。

しかし、パトリシアは笑顔で続けたのだ。

「明日から、朝ご飯はママと食べましょう」

フローレンスの顔が輝いた。

「ほんと?」

「ええ」

「でも……ママ、起きられるの?」

夜会で遅くなることが多いのを知っているので、フローレンスは心配そうに尋ねてきた。

ここで娘を拒否するようでは母親失格である。

パトリシアは、いささかの不安を感じつつ、少々情けない宣言をした。

「寝坊したらメリッサに起こしてもらうわ」

「だめだよ。自分で起きないと。それに、寝不足は美容の敵なんでしょ?」

「そ、それは、そうだけど……」

どちらが母親かわからないやりとりである。

フローレンスは遠慮がちに言った。

「無理しないで。――ねえ、ママ。夜に出かけない日もあるでしょ。その次の日でいいよ。早起きして、一緒に朝ご飯をつくりたい……」

娘の提案にパトリシアは破顔一笑した。

「いいわね! パパにも食べてもらいましょう」

「うん!」

初めて見るフローレンスの少女らしい溌剌《はつらつ》とした表情を微笑《ほほえ》ましく見届けて、天使たちは厨房に戻り、ロブソン氏に話しかけた。

「何か入れ物を貸してもらえませんか。花を摘んで帰りたいんです」

「パトリシアさんの許可はもらってるから」

しかし、その時にはテオドールは戸棚をあさり、大きめの四角い容器を持ち出している。

リィに見せて尋ねてきた。

「これに一杯、取れるか?」

「取れるけど……大きいのを一つ持って登るより、手分けしたほうが早いんじゃないか？」

ルウが得たりと頷いた。

「そうだね。——シェラは木登りは得意？」

「リィほどではありませんが、そう捨てたものではないはずです」

「太い木だから、三人一度に登っても大丈夫だよ。——テオドールさんにはやらせられないしね」

「……無理ですね」

そんなわけでルウは小さめの容器を三つ選んで、ロブソン氏に言った。

「後日、お返しします」

「お気遣《きづか》いなく。代わりはいくらでもありますから、そのままお持ちください」

三人に続いてテオドールも勝手口から庭に出たが、その際、ロブソン氏を振り返って声をかけた。

「邪魔したな」

「いいえ。こちらこそ勉強させていただきました」


先程テオドールがほんの数分で調理したスープを味見して、自分の取った出汁が、たったあれだけのことでここまで変化するのか——と、ロブソン氏は脱帽していたのである。

テオドールは少しの沈黙の後、ぼそりと言った。

「いい台所だ」

それが無愛想な男の掛け値なしの評価だと察したロブソン氏はあらためて頭を下げていた。


庭に出た金銀黒天使はそれぞれ食用容器を抱えて器用に木に登っていった。

テオドールは下で待つ役である。

三人はせっせと働き、それほど時間も掛からずに、花をびっしり詰めた容器を抱えて木を下りて来た。

常人離れした身体能力を誇る彼らでなかったら、これほど迅速《じんそく》にはできなかっただろう。

地上に戻った三人は、あらためて容器の蓋を開け、成果を確認した。

「これだけ集めると、結構、匂いがするね」

「はい。いい香りです」

薔薇や水仙《すいせん》のような強い香りではない。

甘いような、涼しいような、ほのかな香りだ。

テオドールは黙っていたが、この結果に満足したようで、三人を振り返った。

「帰って、飯にするぞ」

「そうだよねえ。お腹空いちゃった」

運転席には当たり前のようにルウが座った。

助手席のテオドールに話しかける。

「さっき、ご飯を炊いておくように連絡したので、今日はオムライスをつくってくれませんか」

後部座席に座った二人も頷き、テオドールは少し考えて言った。

「……それじゃあ、具を増やすか」

「お願いします」

# 14

　ホテルの従業員用の駐車場に車を停めて、荷物を台車に移していると、物陰からファレルが現れた。

「お帰りなさい」

　テオドールは既に昇降機で上に昇っていたので、この場にはルウと少年たちだけだ。

　それを見越して声をかけてきたようだった。

「おかげさまでテオドールさんは無事に戻りました。知らせてくれてありがとうございます」

　ルウが礼を言うと、ファレルも笑顔で頷《うなず》いた。

　その笑顔のまま、問いかけてきた。

「少し、お時間をいただけますか？」

「今からですか？　これからお昼なんですけど」

「その後で結構ですが、なるべく、お早めに」

　ルウはちょっと怪訝《けげん》な顔になった。

「急ぎの用件なら今ここで聞きますよ」

「いいえ。少々込み入った話になりますので、先に食べてきてください」

「それじゃあ、一時間待ってもらえます？」

「では、一時間後に公園で」

　この建物のすぐ近所に、池のある公園があるのは知っているが、ルウは重ねて尋《たず》ねた。

「相当広いですけど、あの公園のどこで？」

「ここから一番近い公園入口はわかりますか？」

「はい」

「そこでお待ちしています」

　ファレルは会釈《えしゃく》して駐車場から出て行った。

　気になったが、今は先に昼食である。

　台車とともに厨房《ちゅうぼう》にあがると、テオドールは既にオムライスをつくり始めていた。

　本来、まかないは若手の仕事であることが多いが、この店ではテオドールが一手に引き受けている。

できあがったオムライスには、お客には出せないハムやベーコン、ソーセージの端《はし》などが入っていて、高級食材の切り落としは何も使われていない。

それでも涙が出るほど美味《おい》しい。極上の味わいに、若手の料理人たちは感無量で感想を言い合った。

「大衆食堂でこんな味を出されたら、高級料理店に高い金を払うのがばかばかしくなるよな……」

料理長候補のジャイルズとバートは、悲壮感すら漂《ただよ》わせながら、無言でオムライスを味わっている。

本格的な高級料理店で修業してきた彼らは今まで、軽食や大衆料理を軽んじる傾向があった。

同じ食べ物ではあっても、自分たちと同じ土俵で勝負できる『料理』ではないと思っていた。

テオドールのまかないを食べる前まではだ。

舌鼓《したつづみ》を打っていたリィが言う。

「向こうのテオの店はいつも大行列だよ」

シェラも笑顔でオムライスを食べながら言った。

「高級料理でも大衆料理でも、ご主人はご主人です。美味しいものを見つける才能もさすがですね。このケチャップ、自由に使える台所があれば、わたしも一瓶《ひとびん》買って帰りたいくらいです」

「ほんと、お米にすごくよく合うよね」

ルウも感心しながら手早く昼食を済ませて、立ち上がった。

「先生！　次の試作品の試食をお願いします！」

意気込むダグをなだめるように笑って言う。

「ごめん。ちょっと用事ができたから、抜けるね」

建物を出ると、ルウは軽食スタンドで珈琲《コーヒー》を買い、食後のお茶代わりに飲みながら公園に向かった。

日曜の昼である。小さい子どもを連れた家族や、散策を楽しむ老夫婦の姿が見られるが、公園自体がとても広いので、混み合っている感じはしない。

約束の時間が迫っていたので、少し急いで行くと、入口の木立の陰から、ファレルが現れた。

会釈して背を向ける。

着いて来いということらしい。

この木立はちょっとした散歩道になっている。

広くて整地された『大通り』の他に、木立の中に入れる細い道が至るところにあり、ファレルはその一つを進んで行った。道が少し登りになる。

小高い丘の周りは依然として木に囲まれている。

小道の横には、ところどころに休憩《きゅうけい》用のベンチや、一人で座るための切り株のような腰掛けがある。

ファレルは下の『大通り』を見下ろせるベンチをルウに勧《すす》め、自分はその横の切り株に腰を下ろした。

人の姿の目立つ『大通り』と違って、木洩《こも》れ日《び》の当《あた》たるこの辺りは静かなものだ。

眼下に人々がゆっくりと行き来するのが見える。

向こうからは、恐らく木々に遮《さえぎ》られて、こちらの姿ははっきり見えないはずだった。

ファレルは前置き抜きに本題に入った。

「我々の車が尾行されています」

珈琲を一口飲んで、ルウが尋ねる。

「いつからです？」

「最初に報告があったのは十日前です」

「それは行きですか。それとも帰り？」

美術館とホテルのどちらを出発点と捕らえるかで答えが違ってくるが、ファレルはあっさり言った。

「両方です」

美術館を出た時も、ホテルを出た時も、すぐさま後をついてくる車が現れたと言う。

「その時は後方の車を使って尾行車の針路を遮り、事なきを得ました。ホテルを出た後も同様です」

すると、美術館の通用門の傍《そば》で、絵を持ち帰ってきたところを待ち伏せされるようになったという。

さすがにルウもちょっと眉《まゆ》をひそめた。

「エレメンタルの通用門は一つじゃないですよね」

「全部で五カ所です」

「玄人《くろうと》の方にとても失礼な質問をしますけど、毎日どの門から出るかは……」

「その都度、変えています」

ルウはまた珈琲を飲んで、少し考えた。

「途中で撒《ま》かれても、エレメンタルを出た輸送車があのホテルに着くとわかっているわけですか……」

「そのようです」

「夜中に美術館に戻ると、五つの門全部に見張りがいるんですか」

「はい」

「同じ人たちですか？」

意味のわかりにくい質問だが『同じ集団《グループ》か？』という意味だと正しく理解して、ファレルは頷いた。

「恐らくは」

「……ずいぶん大がかりですねえ」

「わたしもそこが気になります」

「あの絵の『出張』が外部に洩れたのか、それとも……中身が何かはまだ知らないのかな？」

「判別しかねますが、美術館内から洩れた可能性は低いとみています」

「どうしてです？」

「館長には内密にお願いします。現場の反応は無視できませんので、職員の会話を拾っていました」

「ああ、なるほど……」

盗聴したという意味だ。

「エレメンタルの人たちは、午後三時以降も、あの絵が展示室の中にあると思っているわけですね？」

「館長と副館長のご協力もあり、展示室の近くには極力、人が近づかないように制限した成果でしょう。案内係の職員から、地下室で働く研究員に到るまで、『展示室の中で何をしているのか？』という点に、話題も興味《きょうみ》も集中しています。今のところ『外部に持ち出されているのでは』と口にした者はいません。これはわたしの推測《すいそく》ですが、あまりに予想外すぎて、可能性の一つとして脳裏に浮かぶところまで思考が働かないのだと思います」

「それなのに、五つの通用門に見張りがついた」

「はい」

「館長さんや副館長さんがうっかり洩らした……。パラデューさんかミシェルさん？　考えにくいな」

独《ひと》り言《ごと》のように呟《つぶや》いて、ファレルに尋ねる。

「疑っているだけだとしても、通用門を見張るって——単なる好奇心ではそこまでしないですよね」

「おっしゃるとおりです」

「その人たち、どんな人たちです？」

「質問の意味がわかりかねます」

「えーと、なんて言えばいいのかな……」

ルウは少し考えた。

「大きく分けて、素人《しろうと》ですか、玄人ですか？」

この抽象的な質問にファレルは即座に答えた。

「玄人気取りの素人です」

「あなたたちから見て、危険はない？」

「いいえ」

この任務のボスだという男は首を振った。

「何をしでかすかわからないという意味では素人のほうが遥《はる》かに厄介《やっかい》です」

「同感です」

しかし、待ち伏せされても、彼らは余裕で躱《かわ》してきたわけだ。そのファレルが相談があるという。

「何か気になることがあったんですか？」

「これからあると思うのです」

「——と言いますと？」

別の場所に座っている二人は連れではない様子を装っている。ルウはファレルを見たりせず、正面を向いたまま話している。

ファレルも正面を向いたまま言った。

「彼らも業《ごう》を煮やしたのでしょう。近いうちに実力行使に出てくると思います」

「……穏やかじゃありませんねえ」

言葉とは裏腹な、のんびりした口調だった。

ファレルも襲われると言いながら、少しも焦《あせ》った様子はない。あくまで淡々と話している。

「襲撃を防ぐ手段としてもっとも効果的なのは車を替えることですが、今回は輸送する品物の性質上、同型車両しか使えません。それでは意味が無い」

「無いですねえ……」

「通用門を通らずに、品物を美術館内に戻すこともできません」

「空を飛ぶのはちょっと無理ですもんね……」

「いえ、不可能ではありませんが……」

恐ろしいことを言うものだ。

シティ上空は第一級の飛行禁止区域である。

測量や研究に必要な無人機《ドローン》一つを飛ばすにしても、なかなか許可が下りないはずだが、ファレルはその問題は解決できるという。

「ただし……」

と、男は慎重《しんちょう》に付け加えた。

「あの寸法の品を搭載できる垂直離着陸機《ブイトール》となると、かなり大型になります。美術館の庭に降りることは可能でも、ホテルには降りられません」

「簡単に言ってくれますけど、そもそも美術館でもまずいですよ。いくら夜でも誰かに見られないとも限らない」

「おっしゃるとおりです」


現実的でないことはファレルにもわかっている。

正面を向いたまま、彼は続けた。

「しかし、万に一つでもこの積み荷の中身が外部に洩れたら、どれだけ金と人手を使っても、非合法な手段を用いてでも、奪い取ろうと考える輩《やから》は一定数、存在する。——我々はブライト館長からそのように説明《レクチャー》を受けました」

「合ってますねえ……」

「そこで確認したいのです。実際に襲撃された際、我々にはどの程度の対応が許されますか」

「襲撃者を殺してもいいかという意味ですか？」

物騒なことをさらりと言う。

ファレルもまた、あっさりと言った。

「それも含めてです」

「騒ぎは起こして欲しくないんですけど……」

独り言のように呟いて、ルウは気になったことを尋ねてみた。

「襲撃が近いと思った根拠《こんきょ》は何ですか？」

「根拠はありません。——強《し》いて言うなら」

「何でしょう?」

「理解してもらえないかもしれませんが、わたしの勘《かん》です」

わかります——とルウが頷く前に、別の声が割り込んだ。

「それは無視できないな」

ファレルは本当に驚いて振り返った。

少年の声だったことが一つと、近づいてくる人の気配をまったく感じなかったせいだ。

ファレルにとってこんなことはあり得ないのに、振り返ると金銀天使のような少年たちが立っている。

金髪《きんぱつ》の少年がにっこり笑って言った。

「自己紹介がまだだった。おれはヴィッキー」

「シェラです。よろしくお願いします」

「おじさんは玄人《プロ》だからな。玄人の勘を無視すると、ろくなことはない」

ファレルはまだ信じられない顔だった。

ここからは下の大通りも、この丘にあがる小道も丸見えだ。誰かがそこを登ってくれば自分の視界に入らないはずはない。また誰かが背後から近づいて来たなら、自分が気づかないはずがない。

それなのに、この少年たちはどこから現れたのか、まったく理解できなかった。

その疑惑を感じ取ったのか、シェラが笑って言う。

「わたしたちはあなたの死角を通ってきましたから、見えなくて当然ですよ」

ヴィッキーと名乗った少年も頷いた。

「こんな見た目だけど、おれたちも専門家なんだ。おじさんの勘が鈍《にぶ》ったとかじゃないからね」

と言われても納得できるはずもなく、ファレルは中学生の少年たちに厳《きび》しい視線を向けている。

そして、ルウも難しい顔だった。

「そうだよね。玄人の勘は無視できない」

そんなことを言って立ち上がり、近くのごみ箱に珈琲の容器を捨てて振り返った。

「ファレルさん。ちょっとつきあってくれませんか。この先に芝生《しばふ》の広場があるんです」

「はい？」

さすがに面食らったファレルだが、青年の言葉にさらに面食らう羽目になった。

「ここじゃあ手札が並べられないんですよ。占いをするんです」


大通りへ降りて、しばらく進むと、大きな芝生の広場が現れた。

ところどころに大きな木が立っている。

子どもたちが走り回り、それを微笑《ほほえ》ましく見守る母親の姿がある。天気がいいので大の字に寝転んでいる人、木陰で本を読む人、仲良く肩《かた》を寄せて座る恋人同士の姿もある。

ルウは子どもたちを避けて、芝生の端にある木の下に陣取った。靴《くつ》を脱いで、芝生にあぐらを掻《か》く。

少年たちはルウを囲むように腰を下ろし、正面の『席』をファレルに譲る形になった。

ここまで少年たちの後をついてきたファレルも、慎重に芝生の上にあぐらを掻いた。

眼の前の青年は慣れた手つきで手札を切っており、少年たちは静かにその様子を窺《うかが》っている。

ファレルも黙って座っていた。

青年は芝生の上に一枚一枚、丁寧《ていねい》に手札を並べて、驚きの声を発した。

「ファレルさん。さすがですねえ。今夜ですよ」

「はい？」

「ですから、今夜襲撃されます。でも……美術館の近くじゃあないですね。ホテルの傍です」

金髪の少年が驚いたように言う。

「ここはシティだぞ。そんな真似ができるか？」

銀髪の少年も真剣な顔で問いかけた。

「積み荷の中身を知っているんでしょうか？」

青年が手札を見つめながら答える。

「この感じだと、半信半疑……くらいだね。確証はないみたいだ」

「それなのに力尽《ず》くで奪おうって？」

金髪の少年は呆《あき》れたように言った。

銀髪の少年も首を捻《ひね》っている。

「いったい、どこのどなたでしょう？　思い切ったことをするものですね」

ルウが手札を並べながら苦笑する。

「正確にはまだしてないけどね。――あれ？」

自分で引いた札に、青年は驚いたようだった。

「ちょっと意外……こんなことをするくらいだから、美術品窃盗《せっとう》が専門の悪い人かと思ったら、表向きは成功した人みたい」

少年たちも眼を見張った。

「ほんとか？」

「社会的地位のある人がこんなことをしますか？」

「普通はやらないよ。ばれたら身の破滅だからね。ばれない自信があるんじゃないかな」

青年はさらに詳しく占い始めたようだった。


現れる手札を慎重に読み取っていく。

「莫大《ばくだい》な財産がある。それに伴う力もある。何よりあの絵に対して異常な執着《しゅうちゃく》がある……」

金髪の少年が訊《き》く。

「前の館長みたいにか？」

「そうだね……。欲しいものを手に入れるためなら、多少強引な手段も厭《いと》わない」

少年たちはそれぞれ首を捻っている。

「……輸送車襲撃を多少って言うのか？」

「……かなり振り切っていると思いますけど」

青年が手札を並べながら言った。

「この人にとっては多少の範囲なんだよ。奪い取る品物が品物だから爆弾や実弾は間違っても使えない。人は殺さず、あくまで積み荷だけ取ろうとしている。根は小心者みたいだけど……ええ？」

今度こそ、青年は困惑の声を発した。

半ば途方にくれたような顔で少年たちを見る。

「……きみたちに訊けって」

今度は少年たちが眼を丸くする番だった。

「はあ？」

「どういうことです？」

「わからないよ。とにかく、手札はそう言ってる。きみたちが知ってるって」

金銀天使たちは戸惑《とまど》いながら顔を見合わせた。

「そう言われても……わかるか？」

「全然心当たりがありません。お金と力があって、表向きは成功している人――ですか……？」

「あの絵に異常に執着していて……？」

「手に入れるためなら非合法な手段も問わない？」

二人は条件を並べながら真剣な顔で考えていたが、ほぼ同時に手を叩いた。

「いました！」

「あれか！」

金髪の少年は勢いよく相棒を振り返った。

「ルーファ。あの店に来るお客さん全員に誓約書《せいやくしょ》を書かせてるだろう。名前の控《ひか》えは残ってるか？」

「うん。持ってるけど」

「その中にゲランティーノって名前はあるか？」

青年は端末を取り出して、記録を遡《さかのぼ》った。

「――あった。レオーネ・ゲランティーノ。二週間前に来てる。キュヴィエさんの連れで、キュヴィエさんはミシェルさんの友人だよ。ぼくはこの日は早めに上がったから、この人たちの顔は見てないけど、ミシェルさんにキュヴィエさんの席を頼まれたのは覚えてる。古い友人だって聞いたけど、どんな人を同伴してくるかまでは確認しなかった……」

青年は首を振って、少年たちに尋ねた。

「このゲランティーノさんが犯人なの？」

「おれたちの心当たりはそれだけだ」

「条件にすべて該当します」

「何しろ、前は百億って金を払ってまで、あの絵を買おうとしたんだから」

「もちろん、盗品だとわかっていてです」

シェラが言って、疑問を述べた。

「ですけど、あなたの占いでは、本物だと確信しているわけではないんですよね。それなのに輸送車を襲撃して絵を奪い取ろうなんて、大胆《だいたん》すぎませんか。根は小心者のやることとは思えませんが……」

賭事《かけごと》にしても大穴にすぎると言いたいのだろうが、金髪の少年が首を振った。

「逆だよ。それが一番手っ取り早いんだ。最低限の労力で確認できる」

銀髪の少年は不思議そうに相手を窺って、即座に納得した表情で頷いた。

「なるほど。この積み荷を盗んだことで、美術館がどんな反応を示すか――」

「そうさ。盗んだ後で、美術館が何らかの理由で、『あの絵はしばらく展示しません』って発表したら、万歳三唱だ」

「万歳どころか、一晩中踊り明かしますね。いいえ、一カ月くらいは踊っているかもしれません」

「仮に違ったとしても、その時は輸送車が襲われて積み荷が奪われたっていうだけの小さな事件だから、自分の足下に火はつかないと高《たか》をくってるんじゃないかな。――だけど、本物だったら重罪だぞ」

青年が話をまとめた。

「だから、人を使ってやらせようとしているんだよ。ファレルさんの言う玄人気取りの素人に」

銀髪の少年が眉をひそめる。

「そもそも、このシティでそんなことができますか。銃を持つにしても許可証が必要ですのに」

「それこそ一番手っ取り早くて確実なのは許可証を持っている人たちを抱き込むことだろうね」

ここまで黙っていたファレルが口を開いた。

「シティで銃を使った事件が発生したら、許可証を所持する人間は当局に不在証明《アリバイ》を求められます」

さすがに徹底している。

それを聞いた少年たちはさらに頷き合った。

「それじゃあ、今夜の襲撃に加わる人たちは仕事を終えたその足で高飛びだな」

「それが堅実ですね」

「ルーファ、どうする？」

「撃退するのは簡単だけど、それじゃあ諦《あきら》めそうにないんだよねえ……」

困ったように言った青年は、手札を見つめて少し考え、顔を上げて正面のファレルを見た。

「ファレルさん。専門家の方にたいへん申し訳ないお願いをします。わざと襲われてくれませんか」

「……どういう意味でしょう」

「今夜の話ですよ。襲われても抵抗せずに、素直《すなお》に荷物を奪われてほしいんです」

ファレルは片手をあげて真顔で言った。

「質問があります」

「どうぞ」

「今夜の襲撃は間違いないのですか」

「確かです」

「その情報の出所《でどころ》は？」

「これです」

芝生に並べた手札を大真面目に示してみせる。

ファレルも真剣な顔で手札を見つめ、青年を見た。

「これは占いですね」

「そうです」

「当たるも八卦《はっけ》当たらぬも八卦というものですね」

金髪の少年が言った。

「外れるんじゃないかって心配しているなら大丈夫《だいじょうぶ》。この占いは外れないから」

「それは予知能力というのでは？」

「違いますよ。ただの占いです」

当然ながら、ファレルはそれでは納得しなかった。

「根拠も裏付けもないにも関わらず百パーセントの命中率を誇る。それを占いとは言いません」

もっともな正論だが、ルウは苦笑した。

「科学的ではないとおっしゃりたいなら、あなたの勘も科学的とは言えないですよ」

「……………」

「でも、外れませんよね？」

「一緒にされるのは心外です。勘に百パーセントはあり得ません。そこを自覚しなくては危険です」

「もちろん、わかってますよ。ですけど、あなたは勘を信じて行動しますよね」

金髪の少年が笑いながら首を振った。

「頭で否定しようとしても身体と心が拒絶するんだ。これを無視したらそれこそ危険だって」

銀髪の少年も微笑しながら頷いている。

「素人の思いつきと玄人の勘を一緒にはできません。素直に従うのが一番です」

青年も頷き返して、恐ろしいまとめを述べた。

「ぼくの占いも同じことです」

全然違う――と声を大にして反論したい気持ちをファレルは渾身《こんしん》の努力で押さえ込んだ。

「実行部隊はぼくたちでやりますから。後方支援をお願いします」

今度こそ驚いてファレルは尋ねた。

「――ぼくたち?」

「そうですよ。ぼくと――」

「おれと」

「わたしです」

金髪と銀髪の少年はにっこり笑っていた。


その日、深夜を回った時間帯に、閉店後の店からいつものように絵が持ち出された。

巻上げ機を使って地上に降ろし、用意の輸送車に積み込まれた後、輸送車は静かに走り出した。

シティは眠らない街として有名だが、例外はある。この辺りはオフィス街なので、昼の賑《にぎ》やかさとは打って変わって人通りもなく、静まり返っている。

異変はすぐに起きた。

制限速度を守って進んでいた輸送車が、交差路の下を通り抜けようとした時だ。後ろから警察車両が輸送車を追い抜いていき、眼の前で止まったのだ。

シティでこんな状況は極めて珍しい。

輸送車の運転手は素直に車を停めた。

警察車両を降りた二人の警察官が近づいてくる。

運転手は窓を開けて、ちょっと不安そうに訊いた。

「――なんです？　自分、何かしました？」

学生のような若い運転手である。警察官の一人が砕《くだ》けた口調で言った。

「違反じゃない。大型車両の積み荷を調べてるんだ。中身は何だい？」

「絵ですよ。絵が入った保管容器です」

「形式上、必要なんでね。確認させてくれ」

運転手は素直に後ろの扉を開けてやった。

その途端、警察官は運転手の顔に何か吹きかけ、運転手はものも言わずに座席に倒れたのである。

警察官は気を失った運転手を運転席から担《かつ》ぎ上げ、その身体を荷台に放り込んだ。

絵を納めた保管容器が固定されているだけなので、充分余裕がある。もう一人の警察官が警察車両から黒い防水布《ぼうすいふ》を持ってきて運転手の身体を隠《かく》した。

さらに最初の警察官は制服の上からジャンパーを羽織《はお》り、庇《ひさし》の着いた帽子をかぶった。

これで本職の運送会社の人間に見える。

もう一人の警察官は警察車両に戻って車を動かし、運転手に変装した警察官が輸送車を発進させた。

輸送車の行き先は意外にもすぐ近くだった。

高層ビルの間に埋《う》もれている細長い倉庫のような建物だった。この夜中でも大きく入口が開いていて、大型のトラックが何台も止まっている。

ここはシティの物流を支える流通センターの一つだった。大都市であればあるほど、こうした場所は欠かせないのだ。

変装した警察官はセンターの一角に輸送車を入れ、そこで待っていた相手に笑顔で挨拶《あいさつ》したのである。

「オーク運送さんですか？　依頼したスミスです。急な仕事ですみません」

大型輸送車とともに待っていた相手は配送会社の制服を着た中年の男で、愛想よく挨拶した。

「お待ちしてました。積み荷は大型の保管容器一つ。

国内空港までですね」

輸送車の運転手は苦笑いして言ったのである。

「ええ。朝一で飛行機に乗せてくれって、いきなり言われてね。こっちも他の仕事が入ってるもんで、お願いしますよ」

この流通センターに出入りするのは大量の物資を運搬《うんぱん》する車だけではない。個人や、他の業者からの委託で配達を請け負う業者も出入りしている。

積み荷自体が大きいと、普通の宅配業者では手に負えないからだ。

オーク運送は引っ越し業務の他に、こうした急な依頼も受け付けている。もちろん、その分、料金は高くなるが、そこは持ちつ持たれつだ。

輸送車の運転手は荷台の扉を開けて中に入ると、固定器具を外し、保管容器の端を自分で持った。

「そっち、お願いします」

「はい。——っと、重いな」

外にいたオーク運送の人間は疑うことなく保管容器の端を持った。この時、荷台の隅に黒い防水布が見えたが、輸送車の中ではよくある光景だ。まさか、その下に気絶した人間がいるとは夢にも思わない。

荷台から出した後は仲間と協力してオーク運送の車に移し替えた。

「それじゃあ、確かにお預かりしました」

「ええ、よろしく」

運転手に変装した警察官は預かり証を受け取ると、再び輸送車に乗り込んで流通センターを出た。

少しも急いだり焦ったりする様子はない。今度はもう少し長く走ったが、行き先はやはり近かった。

金融街《きんゆうがい》とオフィス街の中間くらいの雰囲気だったホテルの立地と違い、賑やかな商業街の街並だ。

とはいえ、この深夜では店舗《てんぽ》も閉まっているし、電飾もほとんど消されている。

そんな街の片隅に公園があった。

昼間なら休憩に立ち寄る買い物客や、昼食を取る会社員の姿があるはずだが、今は人の気配はない。

街灯《がいとう》が一つ、頼りなく公園を照らしている。

すぐ近くに大通りがあるとは思えないほど寂《さび》しい場所だった。

運転手はその公園沿いの道に輸送車を停めた。

すると、まるで待っていたかのように、輸送車の後ろから警察車両がやってきて、輸送車の前で車を停めたのだ。中から警察官が降りてくる。

先程とまったく同じ光景だった。

違うのは輸送車の運転手も車を降りたことだ。

ジャンパーと帽子を脱いで小脇に抱える。

一方、車を降りた警察官は、両手に大きな容器を持っていた。中身は消化剤である。

これは恐らく証拠隠滅《しょうこいんめつ》のためだろう。

スミスと名乗った男は手袋をして帽子もかぶっていたが、彼は運転席に座った。実際に接触した以上、どこにどんな痕跡《こんせき》が残っているかわからない。

だから運転席に消化剤をぶちまけて、証拠隠滅を図《はか》ろうとしたのだろうが、その時だ。

近くの街灯が消え、辺りは一気に闇《やみ》に包まれた。

離れた区画の街灯の明かりはまだ見える。

まったくの暗闇ではないが、相手の顔も見えなくなったほどの暗さだ。スミスともう一人の警察官は反射的に身構えた。

そんな彼らを暗がりからの攻撃が襲った。

「ぐあっ！」

スミスは肩に、もう一人の男は腹に激《はげ》しい痛みを感じ、二人とも同時に『銃撃だ！』と直感した。

幸い傷は軽い。二人ともすぐさま銃を引き抜き、応戦しようとしたものの、相手の姿が見えない。

その合間にも足下や身体のすぐ傍を何かが掠《かす》めていくのである。彼らの使っている銃とは種類が違う。

物体が鋭く空《くう》を切る風切り音がはっきり聞こえる。

「実弾を使ってやがる！」

「ちくしょう！」

当たったら致命傷は免《まぬが》れない。

二人はそれぞれの銃の威力《いりょく》を上げ、破れかぶれに撃ちまくったが、暗闇から浴びせかけられる弾数はいっこうに減らず、あらゆる方向から飛んでくる。

敵は完全に二人を包囲しているようで、二人ともきりきり舞いをさせられた。

終《しま》いには自分がどこに向かって発砲しているかも――相方の位置すらもわからなくなった。

その刹那《せつな》、スミスともう一人の男は激しい痛みに襲われて、同時に地面に倒れ込んだのである。

敵の攻撃を食らったのではない。相撃ちだった。

いつの間にか、二人は互いに向き合う格好になり、敵と思い込んで味方を撃ったのだ。

威力を上げた銃だ。ひとたまりもない。二人とも一命は取り留《と》めたが、このままでは生死に関わる。

スミスは失神したが、もう一人の男はまだ意識があった。激しい痛みに呻《うめ》きながらも震える手で携帯端末を取り出し、必死に助けを求めた。

「こちらG942！　ビリー・バゲットだ！　銃で撃たれた！　救急車を頼む！」

通信相手は緊迫《きんぱく》した口調で尋ねてきた。

「了解。銃撃事件発生。すぐに救急車を手配します。犯人の逃走経路はわかりますか？」

答えようとしたが、声は出なかった。

後ろから闇に紛《まぎ》れて近づいてきた何者かが、彼の首筋を手刀で打って気絶させたからだ。

シェラは手袋を塡《は》めた手で、まだつながっている通信を切り、呆れたように言ったのである。

「驚きましたね。本物の警察官のようですよ」

「世も末だな。シティの警官が買収されるのか」

答えたリィもスミスの身体をひょいと担ぎ上げて公園へと移している。こんなものを道端に転がしておいたのでは車が動かせないからだ。

二人は今まで車体の屋根にいた。

正しくは屋根の四隅に防水布を張って、その下に腹ばいになり、犯人が輸送車を捨てる時までじっと身を潜《ひそ》めていたのである。

この暗がりでも二人とも昼間と変わらず見える。

彼らが実弾と思い込んだものはただの石礫《いしつぶて》だ。

リィとシェラは暗がりを利用して、四方八方から石礫を食らわせて相手を操《あやつ》り、同士討ちするように仕向けたのである。

バゲットの身体も軽々と担ぎ上げて公園に移すと、リィは輸送車の荷台の扉を開けて声をかけた。

「ルーファ。大丈夫か？」

「うん。問題ない」

防水布の下から、とっくに抜け出したルウが外に出てきた。もともと催眠剤《さいみんざい》は吸い込んでいない。

気を失った振りをしただけだ。

「何を使うかわからなかったから、薬でよかったよ。高圧電銃《スタンガン》なんかだったら、ちょっと厄介だった」

「ますますおじさんたちにはやらせられないよな」

実は話がこう決まるまでにはちょっとした悶着《もんちゃく》があったのだ。

ファレルは――今夜の襲撃があくまで事実ならと断った上で――民間人にそんな危険な役をやらせることはできないと難色を示したのである。

それに異を唱えたのは意外にもシェラだった。

「わざと負ける訓練はしていますか？」

中学生の少年からの予想外の質問に、ファレルは眼をぱちくりさせた。

「はい？」

「それとも、お仲間にその担当の方がいますか？　失礼ですが、あなたは生粋《きっすい》の戦闘員で、課報員《スパイ》ではないようにお見受けしますので」

「多少は諜報員《そっち》のお仕事もするはずだけどね」

ルウが妙な弁解をしたが、少年は納得しない。

「襲われたら反射的に対応する訓練をしている方は、この役目には不向きですよ。頭ではわかっていても、うっかり抵抗してしまいかねない」

リィが苦笑して肩をすくめる。

「わざと負けるふりは、おれもほんと苦手」

「あなたはそもそも弱いふりができないでしょう。本来この役目にふさわしいのはわたしなんですが、残念ながら背丈と年齢が足りません」

「というわけで、消去法で、ぼくの役目です」

ファレルは開いた口がふさがらなくなった。

それ以上に中学生の少年に『あなたは襲われたら反射的に対応する生粋の戦闘員です』と断言されたことに驚いた。

誇《プライド》りを傷つけられたと言ってもいい。

迫力満点のキンケイドやナッシュと違って、一般市民に紛れるのは得意なほうだと自負していたから、なおさらだ。しかし、ここへ来てファレルは潔《いさぎよ》く認識をあらためた。

この少年には——少年たちにはそれがわかるのだ。

今回の任務のことも、本職は大学生だという現場責任者のことも不可解に思っていたが、開き直って、型破りの臨時の指揮官《しきかん》に従うことにした。

そんなわけで運転席にルウが座っていたのである。

一仕事を終えた彼らの元に、暗闇の中から大きな男が小走りに近づいてきた。

ナッシュである。

「後はお願いします」

ルウはナッシュに会釈し、リィとシェラも言葉を添えた。

「救急車が来るよ」

「急いで離れてください」

ナッシュは無言で頷き、運転席に乗り込んだ。

動き出した輸送車は公園脇の道を通り抜ける形で大通りに向かい、三人は反対の裏通りへ走った。

その時になって街灯が再び点《とも》り、救急車の警報《サイレン》が近づいてくるのが聞こえる。

裏通りには小型車が待機しており、ルウは、ついさっきまでナッシュがいた助手席に乗って尋ねた。

「——絵は？」

車を発進させながらファレルが答える。

「国内空港に向かっています」

後部座席に乗り込んだリィが首を捻った。

「ほんとに朝一の飛行機に載せる気かな？」

隣に座ったシェラが疑問を述べる。

「目的地はマーショネスでしょう。飛行機で飛ぶにしては近すぎませんか」

「尾行を撒《ま》くために、いったん遠くへ飛んで、また戻って来るっていう手もあるからさ」

ルウが否定した。

「飛ばないよ。空港に仲間が待ってるんだよ。また別の車に乗り換える気だ」

ファレルが尋ねた。

「それも占いですか？」

「ただの推測です。飛行機は朝まで飛ばないんです。今夜中に中身を確認したいはずですからね」

リィがまた疑問を述べる。

「なんでわざわざ配送業者に運ばせたのかな？」

「もしあの絵が本物なら——普通はそこまで厳しくないけど、シティに入った時と運転手が違うことを、出ていく時に見咎《みとが》められるかもしれない——それを警戒《けいかい》したんだよ」

大いにありそうな話だと金銀天使は納得した。

「だからって、まともな配送業者さんに目的地まで運ばせられるわけがない。どうしたって、また車を替える必要がある」

ルウはファレルに言った。

「空港のほうはあなたの仲間に任せて、ぼくたちは先に行きましょう」

シティ郊外には国内輸送向けの貨物空港がある。

重力対応飛行機専用の空港で、宇宙港と中央座標《セントラル》各所を結ぶハブ空港でもある。それだけに、空港の近くには巨大な倉庫群がある。

オーク運送の車はその倉庫の一つに向かった。

この深夜でも、ちらほら明かりが点り、大型車が出入りしている。似たような倉庫が並んでいるが、ちゃんと番地があるので他と間違えたりはしない。

目当ての倉庫も扉が開いて明かりが点っていた。

作業員の姿も見えたので、オーク運送の運転手は倉庫の前で車を停め、運転席から声をかけた。

「スミスさんからの荷物です」

作業員の一人が近づいてくる。

「ああ、聞いてる。後ろを開けてくれ」

積み荷は一つだけだ。車を倉庫の中に入れるより、ここで受け取ってしまおうというのだろう。

オーク運送の運転手は素直に荷台の扉を開けた。

倉庫の中から作業員が二人出てきて、保管容器を荷台から運び出していく。

この様子を、一キロも離れた場所に停まっている車の中でパークスが眺《なが》めていたのだ。

助手席のマクミランに尋ねる。

「倉庫の持ち主は？」

「これは貸倉庫です。現在の借り主はゴッティ物産。一昨日《おととい》から一カ月契約で借りてますが……」

マクミランは手元の端末を操作しながら言った。

「ゴッティ物産は登記上は設立していますが、活動実績がありません。幽霊会社《ゴーストカンパニー》です」

「きな臭《くさ》くなってきたな」

二人が見ているのは無人機《ドローン》からの映像だった。

小型の無人機を上空に飛ばし、オーク運送の車をずっと追跡していたのである。

オーク運送の運転手はそんなことは知る由《よし》もない。

「それじゃあ、確かにお届けしました」

「ああ、ご苦労さん」

受け取りに署名をもらって走り去っていき、保管容器は作業員の手で倉庫に運び込まれ、開いていた扉が閉められる。

無人機の弱点は建物の中までは覗《のぞ》けないことだが、パークスは焦らなかった。

しばらく何の動きもなかったが、およそ三十分後、再び倉庫の扉が開き、黒い乗用車が出てきた。

スポーツ多目的車に分類される、ごつい車だが、この車両にはあの保管容器は到底入らない。

続いて、黒の大型車両が出てきた。

ただの大型車両ではない。装甲を強化して、窓も防弾仕様に替えてある。防犯に特化した特殊車両だ。

パークスはちょっと呆れたように呟いた。

「よくもまあ、こんなものを持ってきたな……」

助手席から下りた男が倉庫の明かりを消して扉を閉め、再び助手席に戻り、二台の車は走り出した。

別班のアレンビーから連絡が入る。

「特殊車両に二人、前の車に三人が乗った。一人は保安解除《セキュリティ》の専門家だ」

「中身を確認したわけか？」

「それ以上に保管容器だ。発信機や撮影機の類《たぐい》が仕掛けられていないかを入念に調べていた。もちろんそんなものはないから安心したらしいな。どこかに連絡して、今から持って行くと報告していた」

「了解」

「キャップ」

マクミランがやや緊迫した声を発した。

「前の車から強い妨害《ぼうがい》電波が出ています」

「何？」

「我々のシステムは影響を受けませんが、市内の監視装置には、あの車も特殊車両も映りません」

「……いろいろ考えるんだな」

ますます呆れた口調でパークスは言い、通信機の向こうのアレンビーも同意した。

「曲がりなりにも人類の至宝《しほう》を盗もうというんだ。そのくらいの準備は必要だろう」

「倉庫は空《から》か？」

「ああ。人の気配はない」

その時、第三者が割り込んできた。

美術館に残っていた仲間からだった。五つの門を見張っていた連中が残らず引き上げたという。

必然的に、こちらの連中とつながっていたことが証明されたわけだ。仲間はさらに言う。

「身元は照合してある。そちらの仕事が完了次第、警察に通報する。全員、銃器の不法所持だからな」

「了解。今からボスと合流する」

アレンビーが言い、パークスも車を発進させた。

「こちらも追跡を開始する」

　妨害電波を発する先導車と黒の特殊車両は、監視装置に映らないにも拘《かか》わらず、きちんと法定速度を守って夜道を走っていった。

　目的地はマーショネスだ。シティが政治と金融の街なら、ここは商業経済の盛んな巨大都市である。

　それだけに、場所によって雰囲気もかなり違う。上品な男女が集《つど》う高級クラブや酒場《バー》が軒《のき》を連ねる敷居の高い一角もあれば、若者たちで賑わう喧噪《けんそう》の絶えない通りもあるといった具合にだ。

　そして、こうした大都市というものは、繁華街《はんかがい》が賑やかで活気があればあるほど、薄暗い反面もある。

　一般の人々の活気であふれる大通りのすぐ近くに、何となく寂れた一角があるといった具合にだ。

　二台の車の目的地もまさにそうした場所だった。

　大型車両が通れるほど道幅は広いが、繁華街でもなければ住宅街でもない。立ち並ぶのはほとんどが大きな雑居ビルだった。一階が遮蔽板《シャッター》になっている建物が目立つが、商店街とは様相が違う。

　むしろ、街中の倉庫街といった雰囲気で、ところどころに点る街灯が寒々しい。

　二台の車は、とりわけ大きな遮蔽板《シャッター》がある建物に向かった。閉まっていた遮蔽板《シャッター》が開けられ、二台が建物の中に入ると、再び下ろされた。

　一階は広い駐車場になっていた。普通車が数台と、車体に社名を印刷《プリント》した運送会社の大型車両もある。

　その大型車両の荷台から、運送会社の制服を着た男たちが四人下りて来て整列する。

　特殊車両はその大型車両の隣に止まった。

　対面に先導してきた車が止まり、後部座席から、四十がらみの痩《や》せた男が下りて来た。

　派手な背広を着て、銀縁《ぎんぶち》の眼鏡を掛けている。

　この男が今回の一団を率いていたらしい。

　鋭い声で、整列した男たちに指示を出した。

「急げよ。お待ちかねだぞ」

「へい」

「くれぐれも慎重にな。ちょっとでも傷をつけたら、貴様ら全員、首が飛ぶと思え」

制服を着た男たちはたちまち動き出した。

緊張の面持《おもも》ちで梱包《こんぽう》容器を特殊車両から下ろし、隣の大型車両に積み入れる。

背広の男も別の大衆車に乗り換えた。

これから行くのはマーショネスの郊外である。

田舎《いなか》の利点は街中と違って監視装置がないことだ。妨害装置はもう必要ない。

それに、向こうでの作業が長引く可能性もある。

夜が明けてしまったら、監視装置がない代わりに人目があるのが田舎というものだ。

あまり『変わった車』で出向くのは避けなくてはならないのである。

そんなわけで、保管容器を積み込んだ大型車両は大衆車に先導されて雑居ビルを出た。

駐車場にはまだ数人が残っていて、再び遮蔽板《シャッター》を下ろそうとした、その時だ。

突然、天井の明かりが消えたのである。

それだけではない。外の街灯の明かりまで消えた。

一瞬、辺りは真っ暗闇になった。

「うわ！」

「——何だ⁉」

自分の手も見えない暗闇に思わず声が出る。

「おい！　誰か明かりを——」

持ってこい——までは言えなかった。

何が起きたのかも彼らにはわからなかっただろう。

闇に紛れて小さな影が二つ、風のように駐車場に飛び込んだことも、何も見えず立ち往生する彼らに片端から当て身を入れたことも、何一つ気づかないうちに意識を手放していた。

ゲランティーノは焦燥《しょうそう》と密かな興奮《こうふん》を感じながら、荷物が届くのを待っていた。

彼は表向きは経済界の大立者なので、上流階級の人間ともそれなりにつきあいがある。現在シティで話題沸騰《ふっとう》のレストランのことも、比較的早いうちに耳にしていた。中でも個人的に興味を惹《ひ》かれたのは『暁の天使』の複製画を飾っているという点だ。

その料理人は美食家の間では有名な人物らしい。

「彼が複製画を飾るとは驚いたよ」

「さすがにあの絵は持ってこられないからね」

知人たちがそんな話をするのも聞いた。

その時は特に気に留めなかったが、『暁の天使』の展示時間が短縮《たんしゅく》されたことを聞いて、妙な偶然もあるものだと思った。

レストランの評判は日に日に高まっていったので、ゲランティーノも知人に頼んで行ってみた。

料理は確かに美味《うま》かった。しかし、それ以上に、ゲランティーノは壁の絵に引きつけられたのである。

その出来映えには知人たちも感心していた。

「ここまでドミニクの神髄《しんずい》に迫れるとは……」

「複製にしても見事なものじゃないか」

「まったくだ。これだけの複製はなかなかないぞ」

ゲランティーノも乾いた笑いを浮かべて同意した。

その時はまだ半信半疑だったので、ほんの戯《たわむ》れでホテルを見張らせてみた。エレメンタルもだ。

すると、どうだ。毎晩ホテルの最上階から大きな保管容器が下ろされ、輸送車で運ばれていくという。

エレメンタルのほうも同様で、連日、開館中にも拘わらず輸送車が出て行き、深夜過ぎに戻ってくる。

この報告を聞いたゲランティーノは耳を疑った。

まさかと思った。

常識で考えればそんなことはあり得ない。

それでも、心に浮かんだ疑念は消えなかった。

中身を確認するつもりで輸送車を尾行させたが、いつも失敗する。美術館を出た輸送車があの建物に到着するのは間違いなくても、途中で必ず見失う。

巨万の富を築き、権力を握ったゲランティーノは『物事が自分の思い通りにならない』という当たり前の現実を受け入れることができなかった。

それどころか腕利きの連中に尾行させているのに撒かれてしまうという事実が疑念に拍車《はくしゃ》を掛けた。

どんな事情があってこんなことになっているのか見当もつかないが、もしあの店に飾られているのが本物の『暁の天使』であるならば……。

自分が手に入れなくてはならないと直感した。

ゲランティーノは美術品愛好家としても有名だが、典型的なお披露《ひろめ》目好きの人間である。

こんなすごいものを持っているんだぞと、知人に見せびらかして優越感に浸《ひた》りたいのだ。

ところが、『暁の天使』だけは違う。

自慢《じまん》したいから欲しいのではない。

むしろ、他の誰にも見せたくはない。

エレメンタルを訪れて、有象無象の輩があの絵を鑑賞《かんしょう》しているのを見るたびに苛《いら》だちが募《つの》った。

あの絵の前に立つのは自分だけでいい。

自分こそがあの天使を所有するにふさわしいのだ。

我ながら不可解な心理だったが、そのためなら、いくら払っても惜しくはなかった。

「旦那《だんな》さま。ザンニーニさまがお見えです」

深夜にも拘わらず、部下が来たことを執事《しつじ》が告げ、ゲランティーノは玄関まで出迎えに行った。

「待ちかねたぞ。早く見せてくれ」

銀縁の眼鏡の男は心得ていて、部下に指図して、玄関脇の広間に保管容器を運ばせた。

そこには既に画架《イーゼル》が用意してある。

制服を着た男たちが保管容器から絵を取り出して画架に立てかける。

ゲランティーノは食い入るように絵に見入った。

力強く燃える太陽も白々と輝く月も、その両者を内包して輝きながら流れる黒い髪《かみ》も、妖しく美しい天使の表情も、長年恋《こ》い焦《こ》がれてきたものだ。

ザンニーニが尋ねる。

「どうです。本物ですか？」

「……それは美術館が教えてくれるだろう」

ある意味、潔い言葉と言える。ゲランティーノは鑑定家ではないので真贋《しんがん》の見極めはできない。

それでも、この感動はあの時、レストランで見た絵と同じだと思った——思いたかった。

息を呑《の》んで絵を見つめるゲランティーノに、再びザンニーニが問いかける。

「寝室へ運びますか？」

「いや、あそこは一度、警察に見られているからな。美術館の反応を待って別荘に移す」

この屋敷の庭には自家用機の発着場がある。

大型の保管容器も充分載せられるが、この夜中に飛行機を飛ばすわけにはいかない。

シティのような規制はないが、自家用機とは言え、離陸には航空管制の許可がいるのだ。

二十四時間、忙しく飛び回る型《タイプ》の実業家もいるが、ゲランティーノはそういう類の人間ではない。

こんな深夜に飛行すれば、必ず『緊急ですか』と訊かれるだろう。行き先が別荘だと告げれば、なぜこんな夜中にと疑問に思われるのは避けられない。

焦る必要は無いとゲランティーノは思っていた。

あの絵の盗難と彼を結びつけるものは何もない。

警察が懸命《けんめい》に捜査したところで、追跡できるのはせいぜい国内空港の倉庫までだ。

ザンニーニは今まで一度もへまをしたことがない。

その能力をゲランティーノは高く評価していたし、信用もしていたので、ひとまず部下を労《ねぎら》った。

「ご苦労だった。これが真作だとはっきりしたら、報酬《ほうしゅう》は充分に弾《はず》むぞ」

「ありがとうございます。期待していますよ」

ザンニーニは部下を連れて帰っていった。

居間に一人で残ったゲランティーノはあらためて、じっくりと『暁の天使』を鑑賞したのである。

見事な筆致だった。申し分のない存在感だ。

「……素晴《すば》らしい」

思わず独りごちる。

突然、居間が真っ暗になった。

絵はおろか、まったく何も見えない暗闇に襲われ、ゲランティーノは苛だち混じりに大声を発した。

「……何をしている！　早く明かりをつけろ！」

廊下に控えているはずの執事に命じたが、返事がない。足下もおぼつかない闇の中、舌打ちしながら、手探りで廊下へ向かおうとした。

その動きを押し止めるように、ゲランティーノの胸元に固いものが押し当てられたのである。

「動かないで」

全身から、どっと汗が噴き出した。胸元の感触が何であるのかわからぬはずもない。反射的に両手を上げたが、ゲランティーノは激しく混乱していた。

彼には敵が多い。それだけに、この屋敷は万全の警備態勢を敷いている。

不審者が近づいてくればすぐにわかる。

こんな侵入者を見逃すはずがない。

こんなことができるはずはないのに、現実に彼は自宅の居間で銃を突きつけられている。

「懲《こ》りない人ですね」

自分の表情はゲランティーノには見えていないと知りつつも、ルウはひんやりと笑っていた。

明かりがついていたら、ゲランティーノはそこに長年愛してやまない天使と同じ顔、同じ表情を見ただろうが、今の彼は暗闇で震えているだけだ。

「前にも偽物に騙《だま》されているのに、またですか？」

「……何だと⁉」

暗闇に取り残されたゲランティーノが恐怖に喘《あえ》ぎながらも驚愕《きょうがく》の声を絞り出す。

ルウはいっそ楽しげな声で言った。

「本物と偽物の区別もつかないような人に、本物を渡すわけがないでしょう」

事実だった。あんな無頼の輩に一時的にとはいえ、本物の『身柄《みがら》』を委《ゆだ》ねたりなど断じてできない。

この屋敷まで運ばれてきたのは以前パラデューがテオドールのために用意した複製画だった。

無理を言って貸してもらったのである。

テオドールは一目で『いらねえ』と言った。

ゲランティーノは『素晴らしい』と言った。

暗視装置を着けた男が二人、音もなく入って来て、画架の複製画を取り上げている。

借り物である以上、返さなくてはならないからだ。

ルウは暗闇の中で複製画を運び出す男たちに会釈し、再びゲランティーノに言った。

「あの絵の持ち主は決まっているんです。三百年前、画家本人がはっきり言い残しています。――そして、それはあなたではない」

反論しようとしたゲランティーノは、麻痺《まひ》段階の銃撃を食らって意識を手放していた。


目を覚ました時は既に明るくなっていた。

執事が横にいて彼の身体を揺《ゆ》さぶっている。

「旦那さま。警察の方がお越しです」

「……なんだと？」

寝起きで頭がはっきりしない。こんな状態で人と――ましてや警察と会うなど論外だ。

待たせておけと言おうとしたが、それを待たずに数人の警察官が居間に入って来たのである。

「失礼します。ゲランティーノさん」

「……きみ！　失敬だろう！」

マーショネスの大立者であるゲランティーノには警察官も一歩下がって接するのが普通だったのに、この時の警察官は臆《おく》することなく言った。

「ダニエレ・ザンニーニをご存じですね。彼は先程逮捕されました」

「な、何……」

「彼の事務所から大量の無許可の武器と――悪事の証拠が発見されました。その大半があなたの指示でなされたこともわかっています。ご同行願います」

ゲランティーノは愕然として立ち尽くした。


一晩中、監視に尾行にと大活躍だった運送会社の皆さんの最後の大仕事は、金髪と銀髪の少年二人を連邦大学まで送り届けることだった。

「今日は月曜なんだよ。学校に行かないと」

「遅刻はできないんです。お願いします」

アガサの卵を取りに行く係は、今日はファレルの班が請け負っていた。

彼らの宇宙船は民間の旅客船とはわけが違う。明け方、中央座標《セントラル》の宇宙港を飛び立ち、驚異的な早さで連邦大学に到着した。始業時間には充分間に合う。二人とも船を下りる時に感心しきった様子で、笑顔で言ってきた。

「おじさんたちが後方支援《バックアップ》を引き受けてくれたから、すごく助かったよ。ありがとう」

「ええ、本当に。こんなに楽な仕事は初めてでした。ありがとうございます」

ファレルは何とも言えない顔で会釈した。

後方支援と言うが、自分たちがやったのは都市のシステムに介入して停電を起こしたこと、荷担《かたん》した人間たちの素性を調べ、悪事の証拠を警察に匿名《とくめい》で知らせたことくらいである。

今頃はシティで重傷を負った警察官二人に汚職の疑惑が発覚し、事情聴取が開始されているだろう。

エレメンタル美術館のあるヴェリタス市では銃の不法所持で十人もの男が捕まり、マーショネスでは大規模な家宅捜査が始まっているはずだった。

少年たちは時間を気にしているようで、軽やかな足取りで走り去って行った。恐らく無人タクシーを拾って学校に向かうのだろう。

一方、ファレルたちは小型機に乗り換えて、卵を受け取りに行くのだが、少年たちの後ろ姿を見送りながら、部下たちが口々に言ってきた。

「あの子たちの眼、暗視装置付きですよ」

「筋肉強化剤も使ってますね」

「それだけじゃあ、あんな反射速度はあり得ないな。何か他の薬剤も使ってるぞ」

「ああ。全身くまなく強化済みだ」

無論、冗談である。冗談なのだが、口調と裏腹に、部下たちの顔は真剣そのものだった。

ここにいる部下たちは、あの少年たちが闇の中で警察官二人を自在に操り、同士討ちにさせた動きを、無人機からの映像で目の当たりにした。

到底、普通の中学生になせる技《わざ》ではなかった。

マーショネスのビルには、二階の事務所も含めて大の男が十二人も残っていたのに、あの少年たちはその人数を素手で制圧した。しかも、突入してから出てくるまで、ものの一分と掛からなかったのだ。

暗視装置を着けた自分たちでも果たしてあれほど手際《てぎわ》よくできるかどうか……。

部下の一人が真顔で言った。

「……将来はうちにスカウトしますか？」

ファレルには何とも答えようのない問いだった。


翌日、菓子職人のダグは完成した試作品を持って、例によってルウのところに突進した。

「試食をお願いします！」

ルウは依然として鬼林檎《おにりんご》の鍋《なべ》に取り組んでいたが、何やら呆然《ぼうぜん》と眼を見張っている。

急に顔を輝かせてダグを振り返った。

「先にこっちを食べてみて」

一切れを小皿に載せて差し出してくる。

充分煮込んだので、見た目は食べ物らしくなっているが、元の味がどれだけ不味《まず》かったか知っているだけに（そもそも生食もできなかった）ダグは怯《ひる》んだ。

そんなダグを励《はげ》ますようにルウが言う。

「大丈夫。ちゃんと食べられるようになったから」

「ほんとですか？　それじゃあ……」

半信半疑で口に入れて、ダグは眼を見張った。

林檎を噛《か》みしめた顎《あご》が顔から落ちそうになった。

やっとのことで喘ぎ声を絞り出す。

「こ、これ……？」

「ね？　すごいでしょう」

ルウはもう一切れを小皿に取り、うきうきと弾む足取りで、テオドールのところに持って行った。

彼の手が空《あ》くのを待ちかねて声をかける。

「テオドールさん。味見をお願いします」

鬼林檎を口に入れて、テオドールの表情がほんの少しほころんだようだった。

じっくりと味わって言う。

「……もっとつくれるか？」

ルウは胸を張った。

「もちろん」

「用意しとけ。パイ生地と皮は俺がつくる」

「これをパイにするんですか？」

「ああ、美味《うめ》えぞ」

テオドールは何だか嬉《うれ》しそうだった。

ルウも笑顔になった。考えただけでわくわくする。

持ち場に戻り、まだ呆然としていたダグに言った。

「その試作品ちょうだい」

ダグは試作品を載せた皿を引っ込めて、ぶるぶる首を振った。

「……今の林檎の後では出せません」

「何言ってるの。無駄にしたらもったいないでしょ。

ダグのお菓子は美味しいんだから」

今日の試作品は砂糖煮にした白桃と甘《あま》いクリームチーズを使った一皿だった。

ぺろりと平《たい》らげて、ルウは笑顔で言ったのである。

「いいね。とっても美味しい。今度はこの鬼林檎を使ってみたらどう？　攻略法を教えるよ」

「――いいんですか⁉」

それはルウが苦労して会得した秘訣《ひけつ》のはずだ。

簡単に人に教えてもいいのかとダグは驚いたが、ルウは楽しげに笑っていた。

「もちろん、かまわないよ。あれだけ苦労させられたんだから、これっきりにするなんてもったいない。開業した後はこれを使ってお菓子をつくるといいよ。――テオドールさんと同じパイ生地をつくるのは、ちょっと無理かもしれないけど……」

ダグは、うっと詰まった。

「そこが一番問題なんですが……」

苦悩の表情を浮かべたが、彼は意を決したように顔を上げた。

「自分は、自分にできることをするまでです」

「うん。それでいいんじゃないかな」

夜になってルウは連邦大学のフォンダム寮宛てに通信文を出した。

中学生の彼らはまだ携帯端末を持てない。同様に中学生の寮では週末以外は外部との連絡も許されていないが、舎監《しゃかん》に通信文を託すことはできる。

『攻略成功！』と題して、ルウは成果を報告した。

「自分でつくっておいてなんだけど、びっくりするくらい美味しくなった。苦労した甲斐《かい》のある味だよ。あれならエディも食べられるんじゃないかな」

舎監からリィの部屋の端末に転送された通信文を一緒に読んで、シェラは地団駄《じだんだ》踏んで悔《くや》しがった。

「もう一日早ければ、すぐ味わえましたのに……」

「週末の楽しみにとっておけばいいじゃないか」

リィは苦笑して言ったが、甘いものを勧められて実のところ少々困惑している。

「楽しみなような、怖《こわ》いような……」

「食べられないようでしたら、ご無理はなさらず。お余《あま》りはわたしが引き受けます」

「いや、その前にルーファがさらってくと思うぞ」

真顔で言ったリィだった。

# 15

それからしばらく経ったある日の朝——。

マヌエル二世がルウに連絡してきた。

「二週間後に、そちらに伺《うかが》う予定なのですが……」

「はい。承《うけたまわ》っております。今度はお父さまもご一緒ですか?」

「実はそのことで——ご相談がありまして」

「何でしょう?」

「ミスタ・ダナーは、以前はアンリ・ドランジュで働いていたそうですね」

「ええ、もうずいぶん前の話だと聞いていますが、それがどうかしました?」

「実はその、ミスタ・ダナーの履歴《りれき》を知った父が、昔、アンリ・ドランジュで食べた料理を食べたいと言い出しまして……」

「アンリ・ドランジュは現在も営業しているのに、今では食べられないお料理ということですか?」

話の早い相手に、二世の声が力を増す。

「はい。そうなのです。三十年近く前の話だそうで、父は一度だけアンリ・ドランジュでその料理をいただき、いたく感動したらしいのですが、以後、何度足を運んでも同じ料理は食べられなかったと言うんです。——時期的に、もしかしたら、ミスタ・ダナーなら同じ料理を再現してもらえるのではないかと、父は言うのですが……」

「どんなお料理なんです?」

「それが……」

顔の見えない通話越しでも、マヌエル二世が冷や汗をかいている様子が手にとるようにわかった。

「料理の名前を覚えていないと言うんです」

「まあ、よくあることですね。では、お肉でしたか、お魚でしたか? それともお野菜?」

「肉だったと思う……と言っています」

「思う、ですか？　それはまた曖昧《あいまい》な……」

「父の話では、主菜の肉料理ではなかったようです。前菜の一つとして出てきたと」

「確かに、お肉を使った前菜もたくさんありますが、見た目の形はわかりますか？」

「……平《ひら》たかったと言っています」

お茶目な人だと、ルウは微笑した。

「前菜で平たいお肉の料理ですね。他には？　何か覚えている特徴《とくちょう》はありますか」

「いえ。ただもう、美味《おい》しかったと。できれば死ぬ前にもう一度、あの料理が食べたいと言うんです」

「縁起《えんぎ》でもない。一世には長生きしてもらわないと困ります。——テオドールさんに聞いてみますね」

その日の昼のまかないを食べながら、ルウは話を切り出してみたが、テオドールは顔をしかめた。

「前菜で平たい肉料理なんざ、山ほどある」

「……ですよねえ」

同じくまかないを食べている給仕係たちと料理人一同は、興奮《こうふん》を抑えかねて話していた。

「……マヌエル二世と一世が連れ立ってくるなんて、すごくね？」

「護衛も来るのかな？　二階の個室に通したほうがいいんじゃないか」

「けどさ、この前は二世は一人で来たよな？」

ルウが言った。

「連邦大学のお店に来た時も、二世は一人だったよ。護衛さんの眼を盗んで抜け出してきたのか、ついてくるなと説得して置いてきたのかは知らないけど。あの人、美味しいものを食べるのが好きだからね。すぐ傍《そば》で護衛さんが厳《いか》めしい顔をしてたんじゃあ、味がわからないと思ったのかもしれない」

こっちは生きた心地がしない——と給仕係一同は切実に思った。

「でも、一世が来るとなると、今度は護衛もついて来るかもね」

父子ともに元連邦主席とはいえ、マヌエル一世は高齢でもある上、なんと言っても存在感が違う。

いっそ、二階に通したら――と、給仕係の一人が提案したが、ルウは首を振った。

「それはしなくていいよ」

「いや、そうは言っても……」

「たぶん、本人がいやがるんじゃないかな。そんな特別扱いはしなくていいって、一世ならきっとそう言うよ」

その口ぶりに、他のみんなが思わず息を呑《の》んだ。

まさかマヌエル一世と個人的に知り合いなのかと、恐ろしくて訊《き》けないでいる中、テオドールが唐突《とうとつ》に口を開いた。

「……その客、顔はわかるか？」

料理人も給仕係もいっせいに吹き出した。

平然としていたのはルウ一人である。

息子のヨハンは絶望的なため息をついた。

「親父……マヌエル一世だぜ？」

「……知らねえ」

全員、何とも言えない顔になった。

もう何度思ったかわからない感想を全員が抱く。

(料理の腕前は神がかりだけど……)

(大丈夫《だいじょうぶ》か、この人……)

ルウは自分の携帯端末に写真を表示させた。

歴代連邦主席の中でも名主席の誉《ほま》れ高い人だけに、画像などふんだんに出てくる。念のため三十年近く前の写真を選んで、テオドールに見せてみた。

「この人だよ」

携帯端末の画面をじっくりと眺《なが》めたテオドールは、意外にも頷《うなず》いた。

「わかった。――たぶん、あれだ」

「……ほんとかよ？」

ヨハンは驚いたが、テオドールは答えない。

自分の携帯端末を取り、何やら注文し始めた。

予約当日、百二歳になるマヌエル・シルベスタン一世は自分の足で歩いてレストランまでやってきた。

杖《つえ》こそ使っているものの、足取りはしっかりしたものだし、伸びた背筋に最高級の礼服を纏《まと》っている。

懸念《けねん》していた護衛の姿はない。

隣に二世がいたが、その様子は老いた父親に付き添っているというものではなく、むしろ父のほうが息子を従えているようですらあった。

黒服に身を包んだルウは笑顔で一世に挨拶《あいさつ》した。

「いらっしゃいませ。お元気そうで何よりです」

「ミスタ・ラヴィー。またお目にかかれてこんなに嬉《うれ》しいことはありません。相変わらずお美しい」

ルウは小さく吹き出した。

「一応、男ですよ？　ぼく。そういう挨拶は普通、女の人にするものでしょう」

一世も笑顔で頷いた。

「はい。ごもっともですが、あなたにお目に掛かる時には、いつも思うのですよ。美しい人だと」

「正しくは『人』ではないですけど」

「はい。存じております」

一世はにこにこ笑っている。

その横で二世は知らず知らず冷や汗をかいている。

例の誓約書《せいやくしょ》は一世に対しても例外ではなかった。

内容を興味《きょうみ》深げに読んで、一世は丁寧《ていねい》に署名《しょめい》した。

「しかし、ミスタ・ラヴィー。この店のことは今やたいへんな評判ですが、それでも、こういうものが必要なのですか？」

「念のためです。公《おおやけ》になることだけは避けたいので。どのみち、テオドールさんがここにいるのも、もう後わずかですから」

「間に合って、ようございました。――ついては、わたしのお願いは聞き届けていただけますかな」

「それは食べてからのお楽しみです」


一世と二世が店内に入っていくと、客席が静かにどよめいた。二世が一人で来た時には、これほどの動揺《どうよう》と緊張感《きんちょうかん》は客席に見られなかったから、シルベスタン家の長老と現主席の父が揃《そろ》って姿を見せるということがどれだけ特別かを物語っている。

父子《おやこ》の顔見知りも何人もいた。

席に着いた父子は視線の合った人々に礼儀《れいぎ》正しく目礼を送り、相手も同じく目礼を返すにとどめたが、一人だけ、立ち上がって父子の卓《テーブル》に堂々と近づいて挨拶した勇気ある人物がいる。

「ご無沙汰《ぶさた》しております。一世、二世」

「――これは、お久しぶりです。ダルベスさん」

「またお目にかかれて恐悦至極《きょうえつしごく》に存じます、二世。一世もご健勝のご様子、何よりです」

ビセンテ・ダルベスは三代前の連邦主席バスコ・モンタネルの顧問《こもん》だった政治家である。

つまりはほんの十年ほど前まで主席の側近《そっきん》として、連邦政府の中心にいた人物というわけだ。

大きな体軀《たいく》から今でもその自信がみなぎっている。

マヌエル父子と一緒に仕事をしたことはないが、国際的な式典や大きなパーティで何度も顔を合わせ、言葉も交わしたことがあるだけに、こんな型破りも許されると思ったに違いない。

一世はやんわりと微笑して会釈《えしゃく》した。

「わざわざありがとうございます。ですが、楽しい食事の席ですから、堅苦しいのはよしましょう」

「はい。ご挨拶だけはと思ったので。それにしても、お二人が揃ってお見えになるとは正直、驚きました。この店にとっても、さぞかし名誉《めいよ》でありましょう」

マヌエル二世が心の中で、

(それはどうだか……)

と苦笑したことなど、ダルベスは知る由《よし》もない。

(ここの料理長はわたしや父の名前を知っているかどうかもあやしいがね……)

ダルベスが席に戻り、思いがけない大物の登場にざわついた店内も次第に落ち着きを取り戻していき、一世と二世は軽い発泡酒を頼んだ。

最初に前菜として出されたのは魚卵を花のように盛り付けた美しい皿だった。下にジュレ状の出汁《だし》を敷き詰めてある。出汁と魚卵の味が口の中で見事な調和を奏《かな》で、二世は思わず感嘆《かんたん》の声を洩《も》らした。

一世も相好《そうごう》を崩している。

続いて鰐梨《アボカド》で巻いた蟹《かに》に香ばしいソースを添えた一品と、扇貝《おうぎがい》に小さな種子を散らした料理が出された。見事な魚介と果実の共演である。

これも震えるほど美味しい。いつものことながら、二世は食べる喜びを心ゆくまで味わい、一世も眼を見張って言った。

「……いやはや、これは美味しい」

「……彼にしか出せない味だ。素晴《すば》らしいよ」

「この料理長はなぜ、シティを去ったのだろうね」

「馬鹿《ばか》なことをしたものだよ。ぼくが知った時には、彼は既に連邦大学に店を開いていたんだ。はるばる通うだけの値打ちのある味だから苦にはならないが、シティにいてくれれば、もっと贔屓《ひいき》にしたのに」

父子は密やかな声でそんな話をしていた。

そこへ次の皿が運ばれてきた。

冷肉のテリーヌである。

マヌエル一世は微笑して頷いた。

「そうそう。こういう平たい料理だった。あれから何度も同じ料理をいただいたが……」

二世もナイフとフォークを取りながら、納得して身を乗り出した。

「テリーヌだったのか。確かに平たい」

わくわくしながら料理を一切れ取って口に入れ、二人は何も言えなくなった。

それは客席も同様である。

満席の店内が水を打ったように静まり返ったかと思うと、あちこちで静かなどよめきが洩れた。

「何、これ……？」

「美味しい……！」

「こんなテリーヌ、食べたことない……！」

それが満場一致の感想だったに違いない。

マヌエル一世は感慨《かんがい》深げなため息をつくと同時に、満面に笑みを浮かべていたのである。

「……懐《なつ》かしい。まさに、この味だ。ありがたい。実にありがたい。なんと美味しいことか……！」

二世もまったく同感だった。

舌《した》で味わう至上の喜びを堪能《たんのう》しながら、ほとんど夢中で料理を食べ終えてしまった。

幸せな気分にうっとり浸《ひた》っている父子のところへ、ルウがやってきて笑顔で話しかけた。

「いかがでしたか？」

「ありがとうございます。本当に美味しかった」

一世は笑み崩れながらルウに頭を下げた。

「まさしくこのお料理です。料理長にお礼を伝えてください。死ぬ前に、できればもう一度食べたいと思っていました。その念願が叶いましたよ」

「ですから、縁起の悪いことを言わないでください。そこは寿命が延《の》びましたと言ってくれませんか」

「いやいや、もういつお迎えが来てもおかしくない老骨ですからな。ですが、こんなに美味しいものがこの世にあるなら、意地汚くももうしばらく現世にしがみついていたいと思います」

「ちっとも意地汚くなんかありませんよ。料理長はこの後も美味しいお料理をたくさんつくりますから、楽しみにしてくださいね」

二世も顔を輝かせながらルウに問いかけた。

「いや、実に素晴らしいお料理でした。他の冷肉のテリーヌとは違うようですが、秘訣《ひけつ》は何でしょう」

「材料の違いでしょうね。ブラックロッド牛という種類の牛なんです。昔は高級料理店でよく使われていたけれど、今では一般的ではないそうです」

一世が首を捻《ひね》った。

「しかし、昔はよく流通していた種類だというなら、他の店でもいただいているはずですが……」

当時を覚えている二世も意見を述べた。

「ブラックロッド牛が流行《はや》っていたのは二十年以上前だが、あの当時、こんな料理は食べたことがない。これもテオドール・ダナーの技術なのかな？」

「そうですね。それもあるとは思いますけど……」

ルウはちょっぴり苦笑しながら言った。

「使っている部位が違うんです。他のお店ではまず使わない部分なんですよ。今召しあがったお料理は、すじ肉でつくられたテリーヌなんです」

「すじ肉？」

料理をしない父子にはピンとこなかったらしい。

血相を変えたのは聞き耳をたてていたダルベスだ。

「何だと⁉　どういうことだ！」

あまりの大声に、店内の客がぎょっとする。

その中には、今日も指定席に座っていたスタイン教授もいた。

料理の素晴らしい味に酔《よ》わされ、心地よく余韻《よいん》に浸っていたのに、その気分をだいなしにする怒声《どせい》に顔をしかめる。

教授ばかりではない。客のほとんどが彼に非難の眼差しを向けているが、ダルベスは気づかない。

さらに居丈高《いたけだか》に命令した。

「けしからん！　料理長を呼べ！」


テオドール・ダナーはこんな要求に応《こた》える人ではないと知っているマヌエル二世は眉《まゆ》をひそめた。

ルウが進み出てダルベスを鎮《しず》めようとしたのだが、ここで恐ろしく意外なことが起きた。

厨房《ちゅうぼう》からテオドールがのっそりと姿を見せたのだ。

給仕係たちが息を呑む。

ルウでさえ、ちょっと眼を見張っている。

料理服姿のテオドールは、かんかんに怒っているダルベスの前まで進んでいった。

もちろんダルベスは、のこのこと出てきた獲物に盛大に嚙《か》みついたのである。

「この店は客にすじ肉を出すのか！」

「……いけねえか？」

到底、店の客に対する料理長の口調ではないが、ダルベスはかまわなかった。なおも吠えた。

「客を馬鹿にするのもたいがいにしてもらおう！普通なら捨てるくず肉ではないか！」

他の料理人なら平身低頭して謝罪するところだが、テオドールはまったく意に介さなかった。

理解に苦しむ顔で、吐き捨てるように言い返した。

「……牛に捨てるところなんざねえ」

後ろに控《ひか》えたルウが真顔で頷いている。

すじ肉が通常捨てられるのは、食べられるようにするまでに、相当の時間と技術が要《い》るからだ。

そんな手間を掛けなくても、美味しく食べられる部位が牛にはいくらでもある。結果的に、すじ肉は捨てられることが多いというだけである。

だが、ダルベスには、客に対する最大の侮辱《ぶじょく》と感じられたのだろう。しかも、出した相手が相手だ。

「ここにはマヌエル一世と二世がいらっしゃるんだ。お二人にそんな料理を出すとは無礼千万だぞ！」

「……客の希望だったんだがな」

ここで一世が口を挟んだ。

「そのとおりですよ、ダルベスさん。今のお料理はわたしが希望しました」

一世はテオドールをじっと見つめて、深々と頭を下げたのである。

「あのお料理をまた味わえるとは思いませんでした。心からお礼を申します。本当に美味しかった」

この態度がダルベスには許せなかったらしい。

さらに憤然《ふんぜん》と言ったものだ。

「一世！　味云々《あじうんぬん》ではありません！　くず肉なぞを客に出すことがそもそもけしからんのです！」

「ここは飯屋《めしや》だぞ」

テオドールの言葉に客席の人々が思わず息を呑み、従業員及び料理人一同は、心の中で盛大な悲鳴と嘆願を発したのである。

(料理長！　勘弁《かんべん》してください！)

(せめて飲食店と言ってください！)

ヨハン一人はため息をついている。そんな常識がテオドール・ダナーに通じれば苦労はないのだ。

心底、不思議そうにテオドールは言った。

「飯屋で、味以外の何が問題だってんだ？」

二世が丁重な口調で尋《たず》ねた。

「おっしゃるとおりです。しかし、お言葉ですが、ミスタ・ダナー。それなら、ブラックロッド牛ではなく、クラム赤牛を使うべきだったのでは？」

そちらのほうが今では上質な肉とされているのだ。

常に最上の味を追及するのがテオドール・ダナーであると二世は知っていた。それだけにこの選択が妥協《だきょう》に思えたのだが、テオドールは首を振った。

「久しぶりに来る客が、昔食べた料理を食べたいと言ってきたんだ。——同じ味でなけりゃあ、意味がねえだろう」

一世が眼を見張る。

「では、わざわざ、わたしのために、その牛を取り寄せて使ってくださったのですか？」

頷いたテオドールは、真顔でとんでもない爆弾を落とした。

「俺はあんたが誰か知らねえ」

満席の客たち及び従業員及び料理人一同、もはや彫像《ちょうぞう》と化す以外にできることは何もない。

唯一、マヌエル二世が心の中で、

（やっぱり……）

と、嘆息したくらいだ。

テオドールは珍しくも、穏やかな表情を浮かべてマヌエル一世に言ったのである。

「人の名前は覚えられねえんだが、客の顔なら忘れねえ。俺の料理を美味《うま》そうに食ってくれた客なら、なおさらだ」

一世も嬉しげに微笑している。

「……こんなに美味しいものは食べたことがないと、心から思ったのですよ。——あの時も、今日もです。幸せな時間でした」

「今度は、この料理をクラム赤牛のすじ肉でつくる。今日のとは違う味になるが、そっちも美味いはずだ。また食いに来てくれ」

一世はにっこり笑って、大きく頷いた。

「もちろんですとも。必ず、伺います」

これでどうにか場が収まったかと思いきや、そう簡単にはいかなかった。

テオドールは今度はダルベスに向かってさらなる爆弾発言を投下したのである。

「あんたは帰れ」

給仕係も客たちも揃って息を呑んだ。

厨房の料理人一同は恐怖に震えている。

ダルベスは怒りのあまり卒倒寸前だった。

今にも脳天から噴火しそうな形相である。

「きゃ、客に向かって！　何だその態度は！」

これればかりはダルベスが全面的に正しい。それは誰にも否定できない。

しかし、テオドールはむしろ、気の毒そうな顔で続けたのである。

「帰ったほうがいい。今日の料理は、あんたの口に合わないからな。――最後に出すのは豚《ぶた》の餌《えさ》だ」

もう駄目《だめ》だ。従業員及び料理人一同、生きながらあの世の境目《さかいめ》が見えた気がした。

幾分耐性のあるヨハンも頭を抱えて呻《うめ》いている。

（せめて他の言い方はないのか！）

客席もさすがに動揺したが、その時だ。

澄んだ声が店内を一気に鎮めたのだ。

「それなら、珊瑚《さんご》海老《えび》も扇貝も海獣《かいじゅう》の餌ですよ」

黒い天使の声は、ダルベスの声のように威圧的《いあつてき》なものではない。

嘆願する口調でもない。ただ、事実を事実として、明朗《めいろう》に告げている。それでいて聞く人の心に自然と染みいり、耳を傾《かたむ》けさせる魅力のある声だった。

「銀松露《ぎんしょうろ》だって豚の大好物ですよ。でも、皆さん、喜んで召しあがりますよね」

二世が小さく吹き出した。

「いかにも、野生の生き物は美味しいものを知っているということでしょうな。豚の餌という表現にはいささか驚きましたが……」

徹底的に空気を読まないテオドールが、とどめを刺す。

「本当に豚の餌なんだから、仕方がねえ」

ルウはそんな彼を厨房に押しやった。

「はいはい、わかりましたから、あなたはお料理に専念してください。説明はぼくたちが引き受けます。せっかくのお料理が、あなたの説明だと、ちっとも美味しそうに聞こえなくなるんだから」

返す言葉もないとはこのことである。

テオドールはしかめっ面《つら》で口をつぐむと、素直に厨房に戻っていった。

一方、二世もダルベスをやんわりとたしなめた。

「ダルベスさん。この場は、わたしに免《めん》じて抑えてくださいませんか」

「いや、しかし！」

「今のお料理については、申したとおり、わたしがお願いしたものです。今では一般的ではない種類の牛とは知らずに、とんだ無茶を言ってしまいましたが、料理長はその要求に見事に応えてくださった。最後のお料理も楽しみに待ちたいと思いますよ」

二世も揶揄《やゆ》するように言う。

「テオドール・ダナーの料理を、途中で退席したとなると、彼の料理を知っている連邦議員や政治家にさぞかし驚かれるだろうね」

これが利《き》いた。

憤懣《ふんまん》やるかたない様子ではあったが、ダルベスは再び大人しく椅子に座り直したのである。


次の皿はサラダだった。

コートニーの便りを知っている二世は、山菜ではないのかと、ちょっと拍子《ひょうし》抜けしながら口に入れて、驚く羽目になった。

「人参《にんじん》が……甘《あま》い！」

他の葉物も根菜も、甘みと苦み、酸味《さんみ》まで見事に表現している。しかも抜群の鮮度である。

一世も相好を崩しながら味わった。

「身体の中が洗われるようだね」

続いて供《きょう》されたのはオールドクラウンフィッシュ

だった。

しかも、今日のそれは天然ものだという。

珊瑚海老や扇貝以上に貴重で、市場価格も高く、もはや幻の域まで達している超高級魚である。

客席からは静かな歓声があがったが、ダルベスは納得せず、あくまで難癖《なんくせ》をつけた。

「季節外れだな。オールドクラウンの旬《しゅん》はとっくに終わっている」

黒髪《くろかみ》を束《たば》ねた青年がやんわりと訂正する。

「正しくは、終わりかけです」

「同じことだろう」

「いいえ。漁師《りょうし》さんの話では、時々旬から外れているにも拘《かか》わらず、すばらしく脂《あぶら》の乗ったオールドクラウンが揚《あ》がることがあるそうです。漁師さんは『旬知らず』とか『はぐれ魚《うお》』とか呼ぶそうですが、旬知らずのお魚は盛りのお魚以上に大きくて、身も締まっていて、滅多《めった》に味わえないものだそうですよ。今日は運良くそれが取れたんです」

「ふん」

ダルベスはそれでもまだ不機嫌を隠《かく》さなかった。

わざと渋面をつくりながら料理に手を付けたが、その顔を維持《いじ》するのは不可能だった。

一口食べただけで、呆気《あっけ》にとられて料理を見つめ、慌《あわ》ててしかめっ面に戻そうとはしたものの、料理の力がそれを許さない。

そもそも美味しいものを食べながら不機嫌な顔を続けるのは至難《しなん》の業《わざ》なのだ。

批判的な態度を取っていたダルベスでさえ料理の虜《とりこ》になったくらいだ。他の客たちも呆然《ぼうぜん》とした。

いっせいに感嘆の声を洩らした。

「なんと……！」

「信じられん……！」

「これが天然もののオールドクラウンなら、今まで食べてきたものはいったい……！」

マヌエル父子もまったく同感だった。

二人とも天然ものを食べたことなら何度かあるが、

正直なところ養殖ものと比較しても、それほど味に差はないように思っていた。

ただ、『天然もの』という知名度のおかげで高く評価されていると感じていたのだが、これは違う。

あからさまなくらいに違う。

マヌエル二世は公正な人なので、天然ものの味を噛みしめながら言ったものだ。

「養殖ものを否定するつもりはない。あれはあれで、充分に美味しいものだから。だが、これがオールドクラウンなら……これが本物の味なら、養殖ものと同じに考えるのは、申し訳ないと言う他ない……」

マヌエル一世も息子の言葉に頷き、陶然《とうぜん》と言った。

「……百余年も生きてきたが、いやはや、これほど美味しいものを食べたことがない」

見事な天然もののオールドクラウンと、その味を最大限に引き出したテオドールの技倆《ぎりょう》に、客たちは惜しみない賞賛を贈ったのである。

夢中で食べ進めていき、途中でほっと一息ついて、思い出したようにパンに手を伸ばせば、これがまた、ただのパンではないのだ。添えられたバターもだ。

口に入れると、脂を感じる前に、すうっと口内に広がって溶けてしまうので、お客は料理を食べては唸《うな》り、パンを食べては嘆《なげ》いたのである。

「このパンとバターが街で売られていたら！」

「何を置いても買いに行くのに……！」

こうなると主菜《メイン》の肉料理には何が出されるのか、オールドクラウン以上の高級食材が出てくるのかとお客の期待は自然と高まったが、その期待をものの見事に裏切って、供された主菜は合鴨《あいがも》だった。

間違っても高級とは言えない食材である。

むしろ安価と言ってもいいくらいだ。

予想外の組み立てに客は皆、驚きを隠せなかった。

それも無理からぬ話で、名の知れた高級料理店で合鴨が主菜として出されることはまずない。

ダルベスは再度、不快感を露《あら》わにしたが、二世は感心したように言ったものだ。

「天然もののオールドクラウンの後に合鴨を出してくるとは、いやはや、恐れ入った。賭《か》けてもいいが、テオドール・ダナー以外、誰にもできない技《わざ》だ」

とはいえ、問題は味である。

さすがにこの料理に対しては、ダルベスの他にも、懐疑的な意見を述べる人もいた。

「合鴨はあまり得意ではないんだがな……」

「ああ。脂がしつこかった記憶がある……」

高級料理を食べ慣れている人たちだけに、多少の不満を感じたのは否《いな》めないが、拒絶はしなかった。

皆、ナイフとフォークを取って主菜に向き合った。

ダルベスも例外ではない。

ここまでくると、彼にもわかっていたのである。

高級料理店には味以外の要素も必要だと（それは等級《グレード》の高さであり、立地や内装の豪華《ごうか》さでもあり、使われる食材の希少《きしょう》性や市場価格、給仕係の熟練度、さらには料理長のカリスマ性でもある）ダルベスは信じていたし、客もそれを求めて来るという持論を曲げるつもりは毛頭なかったが、料理店である以上、肝心《かんじん》の味が一流であることが大前提だ。

ここの料理は少なくとも味だけは言うことがない。

（料理長の印象は最悪でも！）

料理には濃い色のソースが掛かっており、合鴨と言われなければ、ビーフシチューと勘違いしたかもしれない。そのくらい特徴的な香りが漂《ただよ》っている。

主菜の一切れを慎重《しんちょう》に味わって、満座の客たちは仰天《ぎょうてん》した。

「……こ、これが合鴨⁉」

「嘘《うそ》だろう⁉」

「牛肉じゃないのか……！」

噛むと肉汁があふれる肉は驚くほどやわらかい。

鳥肉と獣肉《けものにく》では肉質も繊維《せんい》も明らかに違うのに、最高級の牛肉にも引けを取らない味わいなのだ。

それでいて獣臭《くさ》さを感じない。獣肉ではないから当たり前だが、かといって合鴨肉特有の臭みもない。

まるで獣肉でも鳥肉でもない新種の肉を、それも、素晴らしく美味しい肉を食べている感覚だった。

　高級とは言えないはずの合鴨に、クラム赤牛にも引けを取らない、どっしりとした力強さと存在感を与え、珊瑚海老や扇貝以上の高級感あふれる料理に仕上げているのである。

　スタイン教授は覚えず唸った。

「……合鴨でこんなことができるのか」

　他の人々も同様の感想を抱いたのは間違いない。

　客席のあちこちから感嘆の吐息が聞こえてくる。

　テオドール・ダナーの見事な技に客たちは無言で敬意を表し、後はひたすら料理を咀嚼《そしゃく》し始めた。

　ダルベスも同様だった。

　もはや文句を言うどころではない。ただもう冷めないうちに食べなくては――と、無心に手を動かし、肉や副菜はもちろん、ソースまできれいに平《たい》らげて、気づけば皿は空《から》っぽになっていた。

　食べ終えた客は皆、給仕係が恭《うやうや》しく皿を下げていくのを夢見心地で見送ったのである。


　感動さめやらぬうちに数種類のチーズが登場した。

　ハードタイプ、ウォッシュタイプ、青黴《あおかび》のチーズ、山羊《やぎ》の乳でつくられたチーズもある。

　給仕係は一つずつ名前と産地を説明してくれたが、ほとんどが無名の産地だった。ダルベスは懲《こ》りずに不機嫌になりかけたが、初老の給仕係はやんわりと続けたのである。

「今日のチーズはすべて、本日のお料理に合わせて料理長が厳選《げんせん》したものです」

　そう聞いては捨て置けない。

　チーズは地方独自の特色や味が色濃く出る食材で、『隠れた名品』の存在も珍しくないからだ。

　味をみる意味でも、ほとんどの客が全部の種類を頼み、枝付きの乾葡萄《ほしぶどう》や胡桃《くるみ》と一緒に楽しんだが、どのチーズも食通と名高い人々を唸らせる味だった。

　スタイン教授は特に青黴のチーズが気に入った。

　薄く切ったライ麦のパンに載せて、蜂蜜《はちみつ》を添えて食べる。蕎麦《そば》の花から取った茶色い蜂蜜だ。青黴のチーズに実によく合う。

濃厚な赤葡萄酒《あかぶどうしゅ》との相性も抜群だった。

最後はいよいよ菓子である。

最初の一皿は花の形をした可愛らしい菓子だった。花びらの一枚一枚が薄いメレンゲで仕立てられている。指でつまんで口に入れると、しっとりとした食感ながら、意外なほど脆《もろ》く、ほろりと崩れ落ち、その瞬間、ほんのりと甘い花の香りが立ちのぼる。

皆、軽い驚きに眼を見張った。

食用ではない花の香りを食べものに移し込むのは難しい。香りが強すぎると香水を食べているようになってしまうからだが、この花の香りは違う。

菓子を引きたてる趣《おもむき》のある風味の一つとして、純粋《じゅんすい》に味わうことができる。

その花びらに囲まれて、中心にアイスクリームが隠れていた。冷たいアイスクリームの中にもところどころに小さな花の香りが忍ばせてある。こちらは少し塩気が強く、甘いアイスクリームの中で、心地よいアクセントになっている。

スタイン教授は、自然と顔が笑ってしまうのを、何とか引き締めようと努力していた。厳格な気性で知られる自分が甘い菓子を食べてにやけているなど沽券《こけん》に関わるし、学生たちにはとても見せられない姿だからだ。自重しなくてはと頭では思うものの、所詮《しょせん》は無駄なあがきだ。

それは他の、身分も地位もある客たちも同様で、甘いもの好《ず》きなマヌエル二世などは完全に降参して、とろけそうな顔をしている。

マヌエル一世も、孫にも見せたことがないような顔つきで眼を細くしながら、熱心に匙《さじ》を使っている。

「先程から、同じことしか言っていない気がするが
……なんと美味しい」

二世も笑み崩れながら父親に同意した。

「彼の料理を食べると、いつもそうだよ。気づけば、『美味しい』しか言えなくなるんだ」

他の客も（ダルベスのような臍曲《へそま》がりは別とし

て）同様の感想を抱いていた。

次に登場したのが、問題の『豚の餌』だった。

「鬼林檎《おにりんご》のパイです」

見た目は普通のアップルパイのようだったので、一世は納得して頷いた。

「なるほど。林檎なら豚も食べますな」

「ところが、普通の林檎じゃないんですよ。どうぞ、お召しあがりください」

アップルパイなら身構えずに食べられる。

人々は安心して、切り分けた菓子を口に運んだが、途端《とたん》、驚愕《きょうがく》した。

「な……！」

「何だ、これは！」

「――本当に林檎か？」

一人が思わず洩らしたが、それも無理もない。

なんと言っても林檎の味が違う。どんな林檎とも決定的に違う。

マンゴーのように甘く、ねっとりと濃厚で、パイナップルのように清々《すがすが》しく、さわやかな酸味がある。

それでいて、基本の味と食感は確かに林檎なのだ。

客の一人が呆然と呟《つぶや》いた。

「こんな林檎が、いったいどこに……？」

この満座の客たちの中で、今までアップルパイを食べたことがないという人はまずいないだろう。

ところが、このパイは間違いなく、人生で初めて食べる味だった。

こんなアップルパイは一度も食べたことがないと呆気にとられ、本当に林檎かと疑問に思いながらも、手は機械的に菓子を切り分けて口に運んでいる。

林檎ばかりではない。パイ生地が負けず劣《おと》らず、涙が出るほど美味しかった。

驚くほど香ばしく、信じられないほど軽やかで、さくっとした食感と、しっとりとした旨《うま》みが同時に口内に広がるのだ。それが濃厚な果肉の味を最高に引きたてている。林檎も生地とよく馴染《なじ》み、両者の力がえも言われぬ調和を奏でている。

スタイン教授は自分の表情筋と戦うことを完全に放棄《ほうき》せざるを得なかった。

マヌエル二世は最初から全面降伏だ。

そもそも幸福感が表情からあふれ出ていることも意識していないし、抑えようともしていない。

夢中の様子で、あっという間に食べ終えてしまう。

ほうっとため息をつき、空になってしまった皿をもの悲しげに見つめて、二世はルウに嘆願した。

「……おかわりは、いただけませんか？」

青年は微笑の中にちょっぴり厳《きび》しい表情を混ぜて、人生の先輩《せんぱい》をたしなめた。

「駄目ですよ。お医者さんから甘いものは食べ過ぎないように注意されているでしょう？　この後にも、珈琲《コーヒー》と一緒に小さなお菓子がきますから」

「いや、もちろんそれも楽しみなのですが……」

本気でおかわりを欲したわけではないらしい。

二世は現在の心境を表現するため、言葉を探した。

「彼の仕事に驚かされるのはいつものことですが、自分が今食べたものが何であったのか、確かめたい。——そんな心持ちなのですよ」

マヌエル一世が深く嘆息して口を開いた。

「……まことに、遺憾《いかん》に思います」

老政治家のこの発言の真意をさすがに摑《つか》みかねて、ルウは問い返した。

「——と言いますと？」

一世は口元に抑えきれない微笑を浮かべながらも、精一杯まじめな顔で訴《うった》えたのである。

「こんなに美味しいものを豚にだけ食べさせておくなど、まことに嘆かわしいと言わざるを得ません。お願いですから、人間にも少し分けてもらえませんかな」

ルウの顔にも微笑が広がった。

「残念ですけど、この鬼林檎に関しては、豚さんが優先なんです」

「さようで？」

「はい。場所は言えませんけど、もともと限られた地域にしか育たない植物なんです。そこには昔から養豚を仕事にしている家があって、そこの豚さんは鬼林檎を食べることで美味しい肉質になるんです。その豚肉もテオドールさんはとても気に入っていて、ここでも使っています。ですから、鬼林檎を食べて育つ豚さんがいなくなるのは困るんですよ」

「それはそれは……」

一世は何度も頷いている。

二世も興味深げに聞いていたが、不意に真面目な顔をつくって言った。

「そう聞いては、この鬼林檎のことは迂闊《うかつ》に人には話せませんな」

百歳を越えた父親が不思議そうに尋ねる。

「どうしてだね？」

「収穫量が限られて、他では育てることができない。となれば、やたらと吹聴《ふいちょう》して、わたしの食べる分がなくなったら困るでしょう」

七十過ぎの息子の主張に、一世は呆《あき》れ顔《がお》になった。

「いい年をして、何を言っとる」

「そうは言いますがね、あれを楽しみに店まで来て、もう全部売り切れてしまったと——他の客に出したからとはさすがに給仕係も言わないでしょうが——そう言われたら、どうします？」

皺《しわ》の深い一世の顔に、焦燥《しょうそう》と苦悩が広がった。

「それは、困るな……」

「でしょう？」

二世は反《そ》っくり返って胸を張っている。

ルウは思わず笑いをかみ殺していた。

現役時代は辣腕《らつわん》の政治家として知られた人だけに、こんな姿を昔の側近たちが見たら、さぞかし驚き、嘆くだろうと思ったのである。

一世が独《ひと》り言《ごと》のように呟いた。

「食材にこだわるから、大勢の客には対応できない。料理長はそれが理由でシティを離れたのかな？」

答えを期待している口調ではなかったが、ルウは首を振った。

「いいえ。いつもこういうお料理じゃありません。現に連邦大学のお店は、普段は大衆食堂なんです。テオドールさんの臓物《ぞうもつ》の煮込みは絶品ですよ」

二世が目の色を変えて、会話に加わってきた。

「知人がさんざん自慢《じまん》していたやつだ！　わたしは残念ながらまだ食べたことがないが……」

「それはもったいない」

ルウは心から親切に言った。

「次にお店に来る日がわかったら教えてください。材料次第なので必ずというお約束はできませんけど、テオドールさんにお願いしてみますから」

「本当ですか⁉　ありがたい！」

二世は躍り上がって喜んだ。

ルウは一世に向き直って、話題を戻した。

「テオドールさんがシティを離れたのは、あくまで推測《すいそく》ですけど、先程のお料理が原因だと思います。あの人は美味しければ、食材の値段は気にしません。料理の世界で『客には出せないもの』とされている常識も問題にしない。——ですが、お店にとっては大問題だったんでしょうね」

マヌエル一世は深々と嘆息した。

「おかげで、もう一度、あのお料理をいただくまで、ずいぶん時間が掛かりました……」

「理由はもう一つ、ダルベスさんに対する態度でもおわかりだと思いますが、あの人は致命的に接客ができないんですよ」

一世はやんわりと微笑して首を振ったのである。

「さて。それはどうでしょうか」

「………」

「普通の意味での接客はできないのかもしれません。しかしながら、あのお料理をいただいたのは、かれこれ三十年近くも前、一度きりのことです。しかも料理長は、わたしの名はご存じないとおっしゃった。ただ、一介の老人があのお料理をことのほか喜んだ。それを未《いま》だに覚えていて再現してくださったのです。これ以上の接客はありますまい」

ルウも微笑して頷いた。

「確かにそうですね。『普通の』接客はできないと、訂正します。——残念ですけど、テオドールさんのあの言動は矯正《きょうせい》できませんので、それを受け流してくださる度量をお持ちの寛大《かんだい》なお客さまでないと、なかなか常連にはなっていただけません」

「わたしは気にしませんぞ」

力強い口調で一世は言った。

「そもそも芸術家には奇矯な人物が多いものです」

「本人は『ただの飯だ』って言ってますけどね」

ルウは笑って二人の卓を離れていき、珈琲の盆《ぼん》を持って戻って来た。

小菓子としてチョコレートが二つ添えられており、それを見た二世は眼を輝かせてルウに確認した。

「あなたのお手製ですか？」

「はい」

一世が驚いて尋ねる。

「お料理をなさるのは存じていましたが、お菓子もおつくりになる？」

「はい。さっきのパイも林檎はぼくが煮たんです」

「なんと……！」

どれだけ苦労したかはルウは言わず、別の意味で苦笑しながら説明を続けた。

「そうしたらテオドールさんがつくってくれたのがあのパイ生地です。——もう、脱帽でした」

一世も二世も、ほとんどお腹いっぱいだったが、チョコレートの味わいは素晴らしかった。

心地よく酔いしれて、席を立った。

店を去る間際《まぎわ》、一世は思い出したように、ルウに話しかけたのである。

「ダナー料理長は近いうちに、連邦大学へお帰りになるそうですね」

「はい。少し遠くはなりますけど、今なら日帰りで行ける距離ですから。またいらしてください」

杖を握った一世は、しっかりと頷いた。

「この歳になって、新たな生きる目標ができるとは思いませんでした。この次はクラム赤牛でつくったテリーヌと、臓物の煮込みをいただきに参ります」

ルウは困ったように笑って言ったのである。

「その二つを同時に食べるのはちょっと無理なので、何回かに分けて来てくださいね」

他の客にもルウは給仕係を代表して、一人一人に見送りの言葉をかけた。

もちろんダルベスにもだ。

「料理長が失礼致しました」

丁寧に頭を下げたものの、ダルベスはこの挨拶を完全に無視して、肩《かた》をそびやかして店を去った。

その様子を見た他の客から失笑が洩れる。

なぜと言って、口を開けば機関銃のように文句が出てくる男が何も言わずに立ち去ったのだ。それはすなわち『黙らせた』という意味に他ならない。

それを痛快に感じた客も少なくなかったようで、小声でルウに囁《ささや》いていった。

「あれこそ、ぐうの音《ね》も出ないというやつだ」

「ごちそうさま。本当に素晴らしかったよ」

ルウは笑顔で彼らに挨拶した。

「ありがとうございます」

客がすべて帰った後もスタイン教授は一人残って、『暁の天使』に見入っていた。

もう何度、この特等席で鑑賞《かんしょう》したかわからない。

この絵と対峙《たいじ》する時は常に多少の緊張感がある。

感動すると同時に敬虔《けいけん》な気持ちを忘れずにいるが、ここで見る時は何よりも幸福感が増している。

素晴らしい料理を堪能した後なので、なおさらだ。

この至福の時間がいつまでも続いて欲しいと思うくらいだが、テオドールはじきに連邦大学に帰ってしまう。

そうなれば、『暁の天使』の『出張』も終わりだ。

本来の場所に——エレメンタル美術館の展示室にきちんと収まることになる。

一日も早くその時がくることを願っていたのに、

今では、この幸せを味わえなくなることを、寂《さび》しく思っている己《おのれ》がいる。

いつの間にか店内はひっそりと静まり返っていた。

暗さは感じなかったが、照明もいくつか消されている。あの青年は気を利かせて教授の好きにさせてくれたようだが、とっくに閉店時間なのだろう。

教授はさすがに席を立ち、ゆっくりと店の出口に向かった。その時、人の気配もなくなったと思っていた厨房から、テオドールがのっそりと出てきた。

教授と出くわし、まだいたのかと言いたげな顔で、ちょっと首を傾《かし》げてみせる。

無愛想な男だと内心で苦笑しながら、教授は少し躊躇《ためら》った。

何度もここで食事しているが、テオドールと直《じか》に話したことはない。

しかし、今は店内に二人きりだ。

何も言わずに通り過ぎるのも味気ない気がして、こほんと咳《せき》払いして言った。

「――今日も、美味しかった」

スタイン教授はもともと愛想のいい性格ではない。

これだけいうのが精一杯だったが、テオドールは唐突に言葉を返してきたのである。

「……もう絵は描かないのか？」

教授は驚いた。

あまりに意外なことを言われたからだ。

「――なんだって？」

テオドールは逆に不思議そうに続けたのである。

「……いつも画帳を持ってただろう？」

今度こそ絶句した教授だった。

まじまじとテオドールを見つめてしまう。

それが気まずかったのか、テオドールは、ふいと踵《きびす》を返して厨房に戻っていった。

# 16

ミシェルが困惑を隠《かく》せない様子で、ルウに相談を持ちかけてきたのは、シティでの仮営業も終わりに迫った日のことだった。

「面識のない一見《いちげん》のお客さまなんだが、是《ぜ》が非《ひ》でも店に通してほしいと言われてしまってね……」

上流階級で、テオドールの存在がかなりの評判になっているとはいえ、知人でもないミシェルに直接、申し出てくるとは、なかなか大胆《だいたん》な所行である。

しかも、かなりの大物で断りにくいらしい。

「トレヴァー・ウォレスは共和宇宙でも十本の指に入る資産家だ。返事は一応保留《ほりゅう》にしたが、秘書宛ではなく彼の端末に直接掛けてくれと言うんだよ」

並々ならぬ気合いの入れようである。

ミシェルとしてはそういう人物のご機嫌を損ねることは極力避けたいのだろう。

「それにおかしなことを言ってきたんだ。ケリー・クーアの紹介だと言うんだが、心当たりがなくてね。――テオの知り合いにいるのかい？」

クーア財閥の名前を知らない人間はそれこそ共和宇宙にはまずいない。

だが、その三代目総帥《そうすい》ケリー・クーアが六年前に死去したことも有名だ。すなわち同姓《どうせい》同名の別人ということになるが、ミシェルにはその名前の知人はいない。困惑した末、ルウに相談したわけだ。

果たして、黒髪《くろかみ》の青年は笑って頷《うなず》いた。

「その人ならぼくの友人です。彼の紹介なら間違いないと思いますすけど……ちょっと待ってください。確認してみます」

「すまない。なるべく早くお願いするよ」

ミシェルとの連絡を切り、ルウはいったん部屋へ戻ろうとした。携帯端末では、今現在どこにいるか不明の宇宙船と直接話すことはできないからだが、まるで図《はか》ったかのようにルウの携帯端末が鳴った。

発信元は《パラス・アテナ》と表示されている。

ルウはちょっと笑って通話に出た。

「よう、元気か？」

張りのある声が話しかけてくる。

すぐ近くで話しているような音声だ。携帯端末に掛けてくるからには、少なくともこの惑星の周辺にいるはずだが、ルウは確認する意味で尋《たず》ねた。

「キング、久しぶり。今どこ？」

相手の名前はケリーだが、ルウはいつもキングと呼んでいる。

「あと一回《門《ゲート》》を跳んだら文明圏《けん》に帰れるぜ」

ご近所どころではない。他星系から個人の携帯端末に繋《つな》ぐという非常識をやってのけているわけだが、ルウはその点には言及せずに話を続けた。

「それはよかった。さっそくだけど、トレヴァー・ウォレスって人を知ってる？」

相手が笑う気配がした。

「やっぱり来たか」

「あのねえ、勝手に紹介されても困るんだけど」

「紹介はしてないぜ。ちょっと訳ありでな。そこのホテルを教えただけだ」

「そんなの、ますますまずいでしょう……」

呆《あき》れながらも、それ以上追及することはやめて、ルウは他のことを訊《き》いた。

「頼んだ買い物はどうなったの？　連絡がないから、パラデューさんも気にしてたよ」

「ああ。無事に入手したぜ。——おまけもな」

「おまけ？」

「そうさ。むしろ、そっちが本命かもしれないぜ。おまえ今、シティだろう。いつまでいるんだ？」

「あさってが最終日だよ」

「ちょうどいい。席に余裕があるなら、ウォレスを入れてやってくれ。俺たちもだ」

「余裕なら充分あるよ。営業自体は明日で終わりで、あさってはいわば慰労会《いろうかい》だから。――あなたたちも、来るなら普段着でお願いするね」

ルウは通話を切って、今度はホテルの回線から、トレヴァー・ウォレスに連絡した。

「お待たせして申し訳ありません。ご予約ですが、いささか変則的な形でよろしければ承《うけたまわ》れます」

「どういうことでしょう？」

音声だけの通信なので顔は見えないが、魅力的な声だった。五、六十代だろうが、少しも老けた印象はない。丁寧《ていねい》な口調ながら張りがあり、かといって押しつけがましいところはない。

共和宇宙でも名だたる資産家だと言うが、それはこの人が自分の力で築きあげたものに違いなかった。

「当店は明日で営業を終了するのですが、明後日《みょうごにち》に慰労会を開く予定です。業者の皆さんをお招きして、当店のお料理を振る舞うというものです。砕《くだ》けた会ですので、正式な給仕も致しかねますが、その席に混ざる形でもよろしければ……」

最後まで言わせずにウォレスは答えた。

「かまいません。お願いします」

「それでは、当日は平服でお越しください」

本来は『正装でお越しください』と言われるのが当然の時と場所だけに、相手は困惑したらしい。

「平服ですか？」

「はい。普段着でも結構です。当日は作業服の方も大勢いらっしゃいます。その方たちが主賓《しゅひん》ですので、釣《つ》り合《あ》いのとれる服装でお願い致します」

「わかりました」

如才《じょさい》なく言って、ウォレスは通話を切った。

この慰労会は前々から予定されていたことだった。

当日は連邦大学からアガサも来る。テオドールのご近所で親交の深いジェイソンもやってくる。

厨房《ちゅうぼう》に戻り、作業中のテオドールの様子を見て、ルウは慎重《しんちょう》に声をかけた。

「あさって、あの器《うつわ》が来ますよ」

テオドールは黙っている。この沈黙を『了解』の意味と受け取って、ルウは続けた。

「それから人数が三人増えました」

「……爺《じい》さんは来るのか？」

「どの爺さんですか？」

テオドールは見当違いのことを、ぼそっと呟《つぶや》いた。

「……元気なうちに、食わせておきてえからな」

ルウはちょっと首を傾《かし》げたものの、テオドールの手元を見て、誰のことを言っているのか理解した。

微笑して尋ねた。

「それじゃあ、息子さんも呼んでいいですか？」

「かまやしねえ」

そんなわけで、ルウはマヌエル二世に連絡を入れ、明後日の慰労会に来られるかを問い合わせた。

「テオドールさんがクラム赤牛のすじ肉テリーヌをつくっているんです。一世に食べさせたいみたいで──そうなると、あなたをのけ者にするのは後味が悪いのでお尋ねしますが、あさってのご都合は？」

二世は即答した。

「何を置いても伺《うかが》います」

端末越しにも二世が直立不動の姿勢をとったのが見えるようだった。

「それじゃあ、普段着で来てください」

「はい？」

戸惑《とまど》う二世に、ルウは慰労会の説明をした。

「当日は業者の方たちが主賓なんです。漁師《りょうし》さんや朝市の常連さん、養豚《ようとん》業者さん、作業服の人も大勢来る予定で、給仕も変則的な形になります。そこに正装の紳士が混ざったら、皆さんも、あなたたちも、くつろげないでしょう？」

「なるほど……」

「ですから『近所のおじいちゃん二人が、孫の家に遊びに来た』くらいの気楽な服装でお願いします」

ある意味、非常に無茶な要求である。

二世は笑いを噛《か》み殺し、しかつめらしく答えた。

「心得ました。そのように努めましょう」

「それから……」

ルウは少し困っているような、同時に悪戯《いたずら》っぽい口調で二世に念を押した。

「あなたの知っている顔があるかもしれませんが、見て見ぬふりでお願いします」

二世は意味がわからないながらも、約束した。

「承りました」


シティでの仮店舗《かりてんぽ》は大盛況のうちに幕を閉じた。

ミシェルも礼服を着て、両親と一緒に席についた。

最初は両親を呼ぶ予定はなかったのだ。しかし、テオドールが連邦大学に帰ることを聞いた両親から、

「どうしてももう一度あのお料理を食べたい」

と強く希望されてしまったのである。

前回とは違う角度から壁の絵を眺《なが》めることになり、フィリップはさりげなく息子に尋ねた。

「明日からは、あの絵も掛け替えるのかい？」

「いや、明日まであの絵だよ……」

フィリップは驚いた。

「営業は今夜で終わりだろう？」

「明日は業者の人たちを招いての慰労会なんだ」

そこに『あの絵』を飾るのか——とフィリップはぞっとしたようだが、賢明《けんめい》にも口にはしなかった。

この夜の客はほとんどが再来店《リピーター》で、テオドールの料理を初めて食べるという客はいない。

強《し》いて言うならセラーズ夫妻が例外だった。

これもソフィアがパラデューに懇願《こんがん》したのである。

「あのハンバーガーもとても美味《おい》しかったですけど、娘夫婦に料理長の真骨頂を味わって欲しくて……」

そんなわけで、初めてテオドールのコース料理を食べたセラーズ夫妻は夢中で感想を話し合った。

「信じられない。なんて美味しいんでしょう。このお料理がもう食べられないなんて！」

「連邦大学へ行く出張を増やすしかないな」

「まあ、ロジャー。一人で行く気なの？　ひどいわ。わたしとフローレンスを連れて行ってちょうだい」

パトリシアの父親が真顔で頷く。

「いや、ロジャーの気持ちもわかる。宇宙船で遠路はるばる出向いてでも食べたい味だよ」

すかさずその妻が言う。

「わたしを置いていったりしたら許しませんから」

他のお客も、彼の料理をこれきり食べられないというのは耐えがたかったようで、連邦大学の店舗の住所を教えてほしいと頼む人が続出した。

その都度、ルウは店の掲示板《けいじばん》を教えていた。

「向こうのお店は普段は大衆食堂なんです。コース料理を出す場合はその日の朝に予約を取りますので、時々覗《のぞ》いて見てください」

この仮営業で初めてテオドール・ダナーを知ったお客が驚いて訊く。

「当日の予約しか受け付けていないのかい？」

「はい。料理長はその日に仕入れた材料によって、どんなお料理にするかを決めているものですから。お昼なら予約の必要はないいんですが……」

ルウはちょっと困ったように言った。

「毎日かなりの行列ができるので、楽な服装で来ていただくことをおすすめします」

今夜のお客は上流階級の人たちがほとんどなので、昼食を食べるのに行列に並ぶという概念《がいねん》がない。

驚いていたが、苦労人のフィリップは動じない。

真顔で言ったものだ。

「近いうちに連邦大学へ行く用事があったかな」

糟糠《そうこう》の妻も負けていない。

「抜け駆けは駄目《だめ》ですよ。一緒に行きますからね」

『テオドール・ダナー』最後の夜を堪能《たんのう》した人々は満足しきった笑顔で席を立った。

ミシェルはホテルのオーナーとして、出口で一人一人、すべてのお客さまを見送ったのである。

来店した人たちも皆、名残を惜しんでくれた。

「素晴《すば》らしい料理でしたよ、ミスタ・ポワール」

「ダナー料理長のお料理がもう食べられないなんて、本当に残念ですわ」

「後任の人の料理も楽しみにしていますよ」

口々にそんな言葉をかけてくれる。

ミシェルも如才なく挨拶《あいさつ》した。

「ありがとうございます。料理長は替わりますが、今後とも当ホテルをよろしくお願い致します」


翌日の午後――。

慰労会が始まる時間には一時間ほど早かったが、スタイン教授は通い慣れた建物に入って、最上階で降り、通路を歩いていた。

今日の教授は珍しく、鞄《かばん》を持っていた。かなり大きいが、薄くて平たい鞄である。図案や大型の書類をしまうのに使うようなものだ。

家の片隅にしまってはあるものの、もう何十年も触ったことはないものだった。持っていることすら忘れかけていたものでもあった。

さんざん躊躇《ためら》った末に手に取ったのだ。

スタイン教授はいつも表情の厳《きび》しい人だが、今はとりわけ難しい顔をしていた。我ながら、ばかげたことをしていると思いながら持ってきたのである。

店に入ると、恐ろしく大きな背中が二つ見えた。どちらも見上げるほどの長身である。二メートル近くあるだろう。しかも、一人は真っ赤な長い髪が腰まで流れている上に、スカートを履《は》いている。

驚いたことに女性らしい。

こちらに背を向けた二人はあの青年と話していた。青年が店に入って来た教授に視線を向けるのと、二人がそれに気づいて振り返るのは同時だった。

男のほうは女性なら誰もが見惚《みほ》れるに違いない、同性である教授も眼を見張るような美男だったが、甘《あま》さはかけらもない。

野趣《やしゅ》あふれる顔立ちだが、粗野《そや》な印象ではない。琥珀《こはく》の眼差しには人を射貫《いぬ》くような鋭さがあるが、口元には笑みがある。

女のほうも、滅多《めった》に見ない顔だった。目鼻立ちは整っているのに、まるで女らしさがない。正しくは女性という性特有の嫋々《じょうじょう》とした優しさがない。

青みを帯びた灰色の眼差しに浮かんでいるのは、驚くほどの力強さだ。

ルウが互いを紹介しようとした時、テオドールが厨房から出てきて、ぼそっと言った。

「……手に入ったのか？」

「うん。——どうかな？」

ルウが示した机を見て、教授は驚いた。

そこには硝子《ガラス》製の器が置かれていた。

高さは三十センチ程度、横幅は四十センチ以上、厚みもある太い三日月形に台座が着けられている。

硝子器としてはそれほど大きなものではないが、迫力と存在感が凄《すさ》まじい。

全体的に黒っぽいが、銀色も加えられて墨流し《すみなが》の効果を醸《かも》し出している。三日月の中央には濃い赤や緑が目立っており、その部分だけ油絵の具を分厚く塗ったように盛り上がっている。

間違っても実用品ではない。


スタイン教授は硝子工芸品は専門外だが、この器のことはよく知っていた。美術界に衝撃《しょうげき》を与えた発見として、大々的に報道されたからだ。

「まさか、デュフィの『革命の薔薇《ばら》』か？」

二百年前に活躍した伝説的な硝子工芸家エタン・デュフィが自ら手がけた作品である。

「そうだよ」

青年はあっさり頷いて、テオドールに訊いた。

「けっこうな大物だけど、どこに飾ります？」

「……飾らねえよ。洗って使う」

ルウはちょっと顔色を変えて問《と》い質《ただ》した。

「え、ちょっと待って。食器として使うってこと？この形状にいったい何を……」

「ボンボン菓子を入れる」

さしもの黒い天使が、あまりのことに耳を疑い、おそるおそる確認を入れた。

「えーと……菓子入れ《ボンボニエール》にするって意味かな？」

「そうだ」

聞いている教授のほうが肝《きも》を冷やした。

巨人のような男女も何とも言いがたい顔になり、女性のほうが小声で呟いた。

「……恐ろしい菓子器だな」

男のほうも肩《かた》をすくめている。

「……給仕係に同情するぜ」

教授も頷き、その心境を言葉にしていた。

「普通の神経では給仕などできん」

男女があらためて教授に注目する。

ルウが両者を紹介した。

「古い友人のクーア夫妻です。ケリーとジャスミン。こちらはドミニク研究の第一人者のスタイン教授」

偶然にしても、ずいぶんと変わった名前の夫婦もあったものだと教授は思った。

大型夫妻も並々ならぬ関心を教授に持ったようで、俄然《がぜん》、身を乗り出してきた。

「ドミニク研究の大家《たいか》の方ですか？」

「ここで出会えたとは実にありがたい。ぜひ教授に見ていただきたいものがあるんです」

実はケリーは教授が持っているのと同じような（ただし、もっと高級な）平たい鞄を持っていた。

中身は間違いなく何らかの作品だろう。

それを鑑定《かんてい》して欲しいというわけだ。

初対面で不躾《ぶしつけ》な申し出ではあるが、この青年の友人では無下にもできない。

こほんと咳《せき》払いして言った。

「拝見しましょう」

「ありがたい。お願いします」

しかし、その時、テオドールが片手で無造作《むぞうさ》に『革命の薔薇』の台座を引っ掴《つか》んで、無言で厨房へ戻っていったので、教授もケリーもジャスミンも、仰天《ぎょうてん》して彼を見送った。

ルウがちょっぴり心配そうに声をかける。

「それ、食洗機に入れちゃ駄目ですよ」

「……手洗いする」

彼にかかっては二百年前の骨董品《こっとうひん》も、デュフィという大芸術家が残した傑作《けっさく》もただの器だとわかっていても、教授は思わず呻《うめ》いて、片手で顔を覆《おお》った。

「工芸部門の学芸員には到底、聞かせられん……」

大型夫婦も何とも言えない顔で頷いている。

「そういう問題ではないと絶叫するでしょうね」

「下手《へた》をすりゃあ、その学芸員から一生恨《うら》まれるぜ。――そもそも、洗ったりしていいもんなのか？」

独《ひと》り言《ごと》のようなケリーの問いにジャスミンが考えながら答えた。

「硝子だからな。漆器《しっき》と違って水には強いはずだが……二百年前の骨董品だぞ」

「おっかねえ……」

ケリーの感想に、教授も深く嘆息《たんそく》した。

「わたしなら、間違っても触りたくはない」

「同感です」

妙なところで意気投合する。

「おっと、こっちが本題だった。――教授。お願いしますよ」

ケリーは鞄をいったん机に置いて解錠の操作《そうさ》をし、中身を取り出して、教授に差し出してきた。

キャンバスではない。縦五十センチくらい、幅はもう少し細い透明パネルだ。

実のところ、教授は内心でやれやれと思いながら、そのパネルを受け取ったのである。

同じ状況は過去いやになるくらい覚えがあった。今回もその例に洩《も》れず、どうせ益体《やくたい》もない凡作か落書きを見せられるだけだと軽んじていたスタイン教授だったが、極限まで眼を見開く結果になった。

衝撃などという言葉では到底足らない。

鉛か何かを飲み込んだように、胃《い》の腑《ふ》がずしんと重くなった。息もできなかった。

卒倒せずに済んだのが奇跡《きせき》である。

この長身の男は、記念写真か何かを渡すくらいの気安さで手渡してきたのだ。とんでもない話だ。

こんなものは、せめてもう少し丁重に、何より慎重に取り扱ってくれなくては困るのだ。そうすればこちらもある程度の心の準備ができたのに、教授にしてみれば爆弾《ばくだん》を手渡されたにも等しかった。

教授が硬直しているので、不思議に思ったルウが傍《はた》から覗き込み、同じく眼を見張った。

「これ……？」

パネルに挟まれていたのは単色の素描《スケッチ》である。

描かれているのは太陽と月、人物の横顔だった。

紙の右側で左を向き、両手の甲を顎《あご》の下に当てた人物は幽遠とも言える表情を浮かべている。左奥に抽象的な太陽と月が描かれているが、これはただの背景だ。人物の視線は別の何かを見つめている。

妖しく美しいその表情も、人並優れたこの筆致も、スタイン教授には何より馴染《なじ》みがあるものだった。

誰の手によって描かれたものか、疑う余地はない。

だが、こんなものが現実に存在するはずがない。

到底信じられず、食い入るようにパネルに見入る教授に、ケリーが声をかけた。

「裏も見てもらえますか」

前後を透明パネルに挟まれているので、紙の裏も見えるわけだ。腕も硬直してうまく動かなかったが、ぎくしゃくした動きで何とかパネルを返し、そこに書かれている文章を読んだ教授は、今度こそ呼吸をするのを忘れてしまった。


**『親愛なるヴィルジニーへ。**

**長年の忠勤に対する感謝の証《あかし》として、これを贈る。**

**もう一人の天使がきみを見守ってくれんことを。**

**六七二年四月九日、ドミニク・アンリコ』**

二度読み返して、教授は叫んだ。

「——六七二年だと！　馬鹿《ばか》な！」

『暁の天使』の制作年代は推定《すいてい》六五〇年頃だ。

長身の男は、事態の重要性を全然わかっていない、のんびりした口調で言う。

「どうして二十年も開きがあるのかと、ドミニクの愛好家の間でも話題になっていましたよ」

その妻が補足の説明をする。

「このヴィルジニーという女性は、長年ドミニクの家政婦を務めていて、六七二年に退職したそうです。以来ずっと、この絵はヴィルジニーが死去した家に——正確には納屋《なや》に放置されていたそうです」

「納屋⁉」

教授は再び仰天したが、事態を摑むのも早かった。真贋《しんがん》の鑑定に作品の来歴《らいれき》は欠かせないからだ。

「で、では、出所《でどころ》はその家か⁉　惑星グェンダルなのか！」

ドミニクが生まれてから死ぬまで過ごした故郷だ。

ケリーが頷いて、

「そうです。ただし、我々はこれをオークションで落札したんですが、出品者は自らの素性を明らかにしていません。ドミニクの呪いが怖《こわ》いんだそうです。納屋に転がってるのを三百年忘れていたくらいなら、今更呪われることもないと思うんですがね」

「地元ではドミニクはたいへんな有名人だからな」


ジャスミンが言って、教授に説明する。

「オークションの主催者《しゅさいしゃ》は騒ぎになるのを懸念《けねん》して、正式な鑑定は行っていないんですが、紙はバシュレ紙、鉛筆はラロ製、外側のパネルはリリュー社製。いずれもドミニクが活躍した時代のものだそうです。さらに筆跡鑑定を行った結果、この文章の文字は、晩年のドミニクの筆跡と九十八パーセントの確率で合致するという結果が出たとのことです。退職祝いに贈るにはずいぶん豪勢《ごうせい》な品ですが、よほど気前のいい人物だったんですね」

ケリーが悪戯っぽく教授に問いかけた。

「——で？　これは本物ですか」

教授はすぐには答えなかった。

大きく深呼吸をして、呻くように言った。

「……あまり、年寄りを脅《おど》かさんでいただきたい。心臓《しんぞう》が止まるかと思いましたぞ」

ジャスミンが嬉《うれ》しそうに言う。

「教授の眼から見ても真作に見えますか？」

スタイン教授は頷こうとして思いとどまり、首を振った。

「この素描《そびょう》に関しては、わたしより、遥《はる》かに確かな評価を下せる人物がいます」

リィとシェラが店の入口から入ってきたのだ。

二人は大型夫婦を見て、嬉しそうに声をかけた。

「やっと来た！　遅いよ、今日が最終日だぞ」

「お久しぶりです」

笑顔で挨拶する少年たちに、大人二人も楽しげに話しかけた。

「二人とも相変わらず可愛いな！」

「今回も店の手伝いか？　メイド服は着ないのか」

ケリーの言葉の意味は教授にはわからなかったが、金銀天使のような二人は苦笑して肩をすくめた。

「学園祭やボランティアとはわけが違うんだ。児童福祉法だの労働基準法だのに引っかかるとまずい」

「わたしたちはここではほとんど裏方なんです」

「それはもったいない」


真顔で答えるジャスミンに、シェラも微笑して、感想を述べた。

「あなたのほうこそ、スカート姿とはお珍しい」

今日のジャスミンは鮮やかな緑のスーツ姿だった。

襟《えり》なしの上着には華《はな》やかな細い金の縁飾《ふちかざ》りがつき、ポケットにも同じ飾りがついている。

「普段着でとは言われたが、一応それなりの格好はつけなくてはと思ったんでな」

ケリーもノーネクタイながら、アイロンの利いた上等なシャツに仕立てのいいジャケットを羽織《はお》り、スマートカジュアルの雰囲気である。

リィはジャスミンの手に注目していた。

「指輪も、珍しいね」

大ぶりの金の台座に、燃えるような深紅の宝石が嵌《は》まった指輪だった。ジャスミンは笑いながら手の甲を二人に見せつけるようにしてきた。

「いいだろう。夫が買ってくれたんだ。殴《なぐ》り心地も確かだぞ」

Riko.S

「だから、俺が買ったのは武器じゃねえって……」

ケリーが苦笑交じりにぼやく。

シェラはジャスミンの感想は意図的に無視して、笑顔でその装飾品を褒《ほ》めた。

「よくお似合いですよ」

決してお世辞ではなかった。

濃い緑のスーツも、女性には大胆すぎる指輪も、並外れて大柄《おおがら》で、真っ赤な髪を流すジャスミンにはよく似合っている。

スタイン教授が無言でリィに近づき、持っていたパネルを差し出した。

不思議そうな顔をしながら受け取った少年は軽く眼を見張った。

「あれえ？　こんなの描いてたんだ」

横から覗いたシェラが率直な疑問点を口にする。

「ですけど、構図が違いますね。あの絵を描く前に構想したものでしょうか？」

画家によっては、本作に取りかかる前に、複数の構図を描き、その中から一つを選んだりする。

使われなかった構図は彩色もされないはずだから、その一枚ではないかと言ったわけだ。

専門家の教授の眼から見てもその可能性は高いと言えるのだが、リィは懐疑的《かいぎてき》だった。

「没《ボツ》にしたって感じでもないなあ……」

首を捻《ひね》って、リィは相棒に問いかけた。

「ルーファ、知ってた？」

この素描の存在を知っていたのかという意味だ。

黒い天使は首を振った。

「ううん。知らなかった。キングが見つけて買ってくれたんだよ」

「じゃあ、これ、ケリーの持ち物？」

「馬鹿言え、この天使のもんだ」

スタイン教授ははっとなって、ケリーを見た。

「……あなたもこの人を天使と呼ばれるか？」

「ええ。俺にとってはずっと天使です」

パネルの裏の文章を読んで、リィもシェラも再度、首を捻った。

「……日付が二十年も後？」

「その頃は抽象画しか描かなかったはずですよね」

二人とも美術は素人《しろうと》だが、『あの絵』のことなら、以前に関わりがあったので、多少詳しいのだ。

「その頃にあらためて描いた素描でしょうか？」

シェラの疑問に、リィは首を振った。

「違うと思う」

スタイン教授が鋭く尋ねた。

「根拠《こんきょ》はあるのか？」

「ないよ。ただ、ドミニクがルーファと会ったのは一度きりだ」

リィが『ルーファ』と呼ぶ青年は今年二十一歳。

画家のドミニクは三百年前に亡くなっている――という厳然《げんぜん》たる事実は、この少年には何の問題にもならないらしい。

両手に持った素描を真顔で見つめながら、まるで分析するように言ったものだ。

「個人的な感想だけど、この絵は二十年前の記憶を思い出しながら描いているって感じがしない。あの絵と同じ頃に描いたんじゃないかな。――日付だけ、後で入れたんだと思う」

ジャスミンが茶化した。

「ほほう。意外な鑑定眼だな？」

「おれは絵はさっぱりだよ。わかるのはルーファを描いた絵だけだ」

リィはパネルを相棒に手渡し、受け取ったルウはケリーとジャスミンに笑顔で礼を言ったのである。

「いいものを持ってきてくれてありがとう。今夜はこれを絵の横に飾ることにするね」

今度はジャスミンとケリーが首を傾げる番だった。

「――絵？」

「あの兎《うさぎ》の絵のことか？」

まさにその時、テラスのほうから声がかかった。

「失礼します」

脚立と大きな梱包《こんぽう》容器を抱えた作業服の男たちが

ぞろぞろ入って来る。

皆、かなり体格がいい。中でも先頭に立っていた浅黒い肌の男は重量級の格闘技選手かと思うほどだ。

ケリーもジャスミンも何事かと驚いた。

しかし、男たちは慣れているのか、見物人に目礼しただけで黙々と働いている。

厨房と店内を仕切る大きな壁の前に脚立を立て、梱包容器を床に寝かせて、錠《じょう》を解除する。

ケリーが持っていた鞄よりも遥かに厳重な規格の錠だ。

容器から中身を取り出そうとする彼らに、ルウは持っていたパネルを見せながら言った。

「今日はこの絵も飾りたいので、少し右にずらして掛けてもらえますか」

男たちは無言で頷き、希望通りにしてくれたが、梱包容器の中から取り出され、壁に堂々と飾られたその絵を見た大型夫婦は愕然《がくぜん》とした。

ケリーとジャスミンは『テオドール・ダナー』が改築中なので、ここに仮店舗を構えていることも、この仮店舗でルウが働いていることも知っていた。

が、店に連日『暁の天使』が運ばれてくることは知らなかったのである。

複製画とは最初から考えなかった。複製にあんな厳重な錠は必要ない。

何より現在、この店は『テオドール・ダナー』だ。彼は店に複製は置かない。

「ルウ……」

「天使……」

棒立ちになった二人は揃《そろ》って深いため息をつくと、黒髪の青年をちょっぴり睨《にら》んだのである。

「さすがにこれは……度を超していないか？」

「おまえの非常識にもだいぶ慣れたつもりだったが、相変わらず人の度肝を抜いてくれるぜ……」

ルウは微笑して首を振った。

「言い出したのはぼくじゃないよ。テオドールさん。――奥さんのお気に入りの絵だったんだって」

ジャスミンがとことん呆れたように呟いた。

「だからといって……持ってくるか、普通？」

「あなたたちにも来て欲しかったから、間に合ってよかったよ。テオドールさんのお料理はどこで食べてももちろん美味しいけど、土地が変われば材料も違ってくる。材料が違えば料理も違う。ここでしか食べられないお料理も結構あるからね」

「いや、それは確かに楽しみなんだが……」

ジャスミンにして、後の言葉が続かない。

一方、ケリーはルウに近づいて、そっと囁《ささや》いた。

「あの絵を持ってくること自体も問題だが、彼らに運送屋をやらせたのかよ」

ジャスミンが夫以上の小声で尋ねる。

「知っている顔か？」

ケリーも小声で返した。

「ゼロハチの連中だ。あんたの頃にはなかったかな。連邦主席直属の特殊部隊だ」

ジャスミンが何とも言えない顔になった。

「使用目的が著《いちじる》しく間違っているな。――いや、ある意味、これ以上最適の人材はないか？」

「射撃、格闘技、諜報活動、すべて超一流。対テロ特殊訓練も積んでいる連中だ。最適には違いないが……つくづく三世が気の毒になってくるぜ」

連邦という組織に関わる重大時にのみ働くはずの貴重かつ秘密の手駒を『絵の運送に使うから貸してくださいね』というとんでもない頼みごとをされて、承知せざるを得なかった心中《しんちゅう》は察するに余りある。

大きな絵を掛け終えた男に、ルウは透明パネルを手渡した。

「キンケイドさん。これもお願いします」

爆弾扱いと認識しているスタイン教授がはらはらするくらい、あっさりした手つきだった。

男のほうはもう少し慎重にパネルを受け取って、絵の左側、壁の中央部分に着脱式の器具を取り付け、うまく固定して飾ってくれた。

右上を向く彩色された天使と、左を向いた単色の天使の間に、同じく彩色されたものと単色の太陽と月が挟まれている。

リィとシェラはそれを見て、素直に言ったものだ。

「うん。いいんじゃないか」

「素敵だと思います」

現場に満ちている緊張《きんちょう》感とは裏腹の、ほのぼのとした感想である。

ケリーはルウの傍《そば》を離れると、専門家のこの人が事態を知らないわけがないと判断して、さりげなくスタイン教授に近づき、前以上の小声で確認した。

「……本当にいいんですか、こんなことをして」

「善《よ》し悪《あ》しを問うなら、善いわけがない」

断言して、スタイン教授は難しい顔のまま続けた。

「――が、世の中には『無駄な抵抗』という言葉もあってだな」

「達観してますなあ……」

スタイン教授は長身の男を見上げて、ちょっぴり皮肉交じりの口調で言ったものだ。

「あの天使と関わっていると、達観せざるを得ない事柄が必然的に増えると思うのだが、違うかね」

ケリーは気むずかしそうな教授の顔を見下ろして、肩をすくめて笑って見せた。

「なるほどね。その境地に達していらっしゃるなら、俺の口から言うことはありません」

「ありがたいことに今夜が最後でもある。ただもう、ひたすら無事に終わってくれることを願うだけだ」

ケリーは再び、ルウに話しかけた。

「今日はウォレスも来るんだろう？　喜ぶぜ。この絵の熱烈《ねつれつ》なファンなんだよ」

スタイン教授がこの言葉に反応した。

「ウォレス氏が来るのかね？」

「ええ。ご存じで？」

「無論だ。エレメンタルに多額の寄付をしてくれている人物だからな。――『暁の天使』に対する氏の思いはファンなどという言葉では到底足らんだろう。熱心な信者の一人と言うべきだ」

ジャスミンとケリーも苦笑しながら頷いた。

「確かに、並々ならぬ思い入れでした」

「ああ。買えるものなら『暁の天使』を買いたいと言ってたくらいだからな」

ルウは少しばかり眉《まゆ》をひそめた。

ゲランティーノの件があるだけに気になったのだ。

「そういう人をこの店に通すのは心配なんだけど、そもそも、どうして知りあったの？」

「俺たちの乗っていた豪華《ごうか》客船が海賊に襲われてな、この素描も海賊に強奪されるところだったのさ」

「ウォレス氏がそれを阻止《そし》してくれた——とまでは言わないが、あの人はこの素描を守るために身体を張って海賊と交渉してくれた。そんなことをしたら、ご自身が人質にされるのも覚悟の上でだ。結果的に、それが時間稼ぎになってな」

「おかげで俺たちに勝機が生まれたってわけさ」

ルウが尋ねた。

「借りがあるってこと？」

「いや、こっちも彼氏の命を守ったんで貸し借りはなしだと思ってるぜ」

ケリーは言って、先程のルウの懸念を否定した。

「ウォレスには身分も地位も世間体もあるからな。滅多なことはしないだろうよ」

スタイン教授も多額の寄付者を擁護《ようご》した。

「買えるものならというのは、単なる願望にすぎん。非合法な手段で実行に移した前館長とはわけが違う。ウォレス氏はこの絵の存在意義も、社会的な価値も充分に知っている人だ」

断言した教授はふと気になったようで、ケリーに尋ねた。

「この素描、オークションで落札したと言われたが、ウォレス氏と競《せ》ったのかね？」

「ええ。運良く落とせたんですよ」

その人物の財力と、ドミニク作品の相場を知っているだけに、教授はあらためて眼を見張った。

「他の品ならともかく、この素描をめぐって、あのウォレス氏に競り勝つとは……驚きだ」

「俺も引くわけにはいかなかったんでね」

「ねえ、今更訊くのも何だけど……」

苦笑交じりの、のんびりした声が割り込んでくる。

ルウは壁に掛かった素描を見つめ、困ったように笑いながらケリーに質問した。

「これ、お値段はどのくらいしたの？」

大型夫婦は顔を見合わせて苦笑を浮かべ、揃って肩をすくめた。

「訊かないほうがいいと思うぜ」

「気にするな。軍用機に比べたら安いものだ」

比較対象が少々おかしい。

その場の全員が思ったが、賢明にも黙っていた。

# 17

最初の客は開始時間の三十分も前に現れた。

先程までさんざん話題にあがっていたトレヴァー・ウォレスその人である。

六十年配に見えたが、足取りも颯爽《さっそう》としており、実に若々しい。加えて男前でもあった。

平服でと言われたので正装ではないが、最高級の仕立てのフルオーダーのスーツに身を包んでいる。

髪《かみ》も眉《まゆ》も半白になってはいるが、その眉は太く、額《ひたい》は広く、肌の色つやもいい。姿全体に活気が満ち、眼差しは穏やかながら強い意志の光も輝いている。

いずれも、この人が第一線で働く人であることを表すものだった。

「いらっしゃいませ、ウォレスさん」

給仕係が出迎えたが、氏は上の空で頷《うなず》きを返した。

それというのも、ウォレス氏の眼は店内を素早《すばや》く見渡し、結果、見逃せない情報をいくつも発見していたからだ。

最初に氏が眼に留《と》めたのは愛してやまない名画の『複製画』だった。

有名な絵だから、さして珍しいものではないが、問題は絵の左側だ。

仰天《ぎょうてん》した——などという言葉では到底足らない。

全財産を擲《なげう》っても手に入れたいと願った素描《そびょう》が、よりにもよって飲食店の壁に飾られているのである。

誰が、なぜ、どんな悪意を持って、こんな暴挙に及んだのか——憎悪にも似た感情に一瞬捕らわれたウォレス氏は呆然《ぼうぜん》と立《た》ち尽《つ》くし、呻《うめ》くような声で『知人』に声をかけたのである。

「……ミスタ・クーア」

「こんばんは、ウォレスさん」

「お元気そうで何よりです」

氏の近くの席に座っていたケリーとジャスミンは、立ち上がって挨拶《あいさつ》した。

しかし、氏はその挨拶に答えるどころではない。鬼気迫《ききせま》る表情で、ケリーに詰め寄った。

「……これはどういうことです？」

正式な鑑定《かんてい》こそまだだが、あの素描はドミニクの真作である確率が極めて高い。飲食店の壁に飾っていいようなものではないのだ。

ここでスタイン教授が旧知の相手に挨拶しようと歩み寄った。

「ウォレスさん。しばらくですな」

思いがけない人との遭遇《そうぐう》に氏は驚いたが、さらに気負いたったのである。

「これは、スタイン教授。ご無沙汰《ぶさた》しております。ここでお目にかかれるとは思ってもみませんでした。さっそくお尋《たず》ねします、この素描は真作ですか？」

性急な言葉だが、それだけウォレス氏は教授の鑑定眼に信頼をおいているのだろう。

教授も言葉を濁《にご》したりせず、おもむろに頷いた。

「うむ。まず間違いはないだろう」

氏は大きく嘆息《たんそく》して、ケリーを振り返った。

「お聞きの通りです。ミスタ・クーア。即刻、この素描を撤去してください」

ケリーは苦笑して肩《かた》をすくめたのである。

「そうはいかないんですよ。持ち主は俺じゃないし、ここに掛けると決めたのも俺じゃない」

ウォレス氏の眼がきらりと光った。

氏がケリーとの競《せ》りから降りたのもまさにそれが理由だった。ケリーが単なる代理人であると見抜き、本当の持ち主と直接交渉するためだ。

「その方は、どちらにおいでですか？」

ジャスミンがやんわりと間に入る。

「ウォレスさん。ビジネスの話は後にして、まずは食事にしませんか？」

当然ながら、その言葉に耳を傾《かたむ》ける余裕は、今の氏にはない。

「ミズ・クーア。これはビジネスではありません。世界的名画の危機を救うという社会問題です」

スタイン教授は何とも言えない顔をしている。

ケリーとジャスミンは困ったような顔で言った。

「とは言っても、今から外して保管するのは、少々無理だと思いますよ」

「この大きさですからね。保管容器に戻すとしても、かなり場所を取ります」

「………？」

ウォレス氏は怪訝《けげん》な顔になった。

素描の一枚が場所を取ったりするわけがない。普通に鞄《かばん》に入るはずだ。

しかし、二人の意味深な表情、何より複雑怪奇《かいき》な――かつ苦しげなスタイン教授の表情と、珍しくも落ち着きのない態度がウォレスの心を刺激《しげき》した。

思ってもみなかった小さな疑惑はたちまち大きな渦《うず》となって氏に襲いかかり、端整なウォレスの顔がものの見事に凍り付いた。


その表情を顔に貼り付けたまま、ウォレスは壁の『複製画』に、ぎくしゃくと眼をやったのである。

そう、これは複製画のはずだった。

本物はエレメンタル美術館にあるのだから。

しかし、ウォレス氏は『暁の天使』を初恋とまで言い切る人だ。長年ひたむきに、純粋《じゅんすい》に、その絵に深い愛情を注《そそ》いできたウォレス氏は食い入るように壁の『複製画』を見つめ、激《はげ》しく息を吸い込んだ。

そのまま息をするのも忘れた様子で、壊れかけたブリキの玩具《おもちゃ》さながらの動きで振り返った。眼には衝撃《しょうげき》を通り越した激しい恐怖が浮かんでいる。

「……スタイン教授」

ほとんど喘《あえ》ぐような問いかけに、教授は首を振り、片手をあげて氏を制した。

「……何も言ってくださるな」

「――否定してくれないんですか⁉」

音量こそ抑えているものの、ほとんど悲鳴である。

教授も必死の面持《おもも》ちで嘆願した。

「……ですから、何も言わんでくだされ！」

「違うと言ってください！　これは複製画だと！　教授！」

とんだ愁嘆場《しゅうたんば》になってしまった。

さらに間の悪いことに、この時、ブライト館長とモリス副館長が店に入ってきて、ただならぬ様子の教授とウォレスを見て、慌《あわ》てて止めようとしたのだ。

毎年、美術館に多額の寄付をしてくれる人だけに、館長も副館長ももちろんウォレスを知っている。

氏がなぜ取り乱しているかも一目瞭然《いちもくりょうぜん》だ。

「ウォレスさん、お気持ちはわかりますが……」

「どうか落ち着いてください」

残念ながら、この二人の介入は結果的に火に油を注ぐだけに終わった。彼らの態度は、事態を知っていることを如実《にょじつ》に示していたからだ。

ウォレス氏の激しい驚愕《きょうがく》と疑問、さらなる怒《いか》りの矛先《ほこさき》は当然、二人にも向けられた。

「ブライト館長、モリス副館長、納得のいく説明をお願いします。美の殿堂とも言えるエレメンタルの最高責任者ともあろう方々が何をしているのです」

だが、ウォレスの抗議は、その時の二人の耳には届いていなかった。

なぜなら、二人とも極限まで眼を見開き、呆然と立ち尽くして、壁の一点を食い入るように見つめていたからである。

今日は絵の配置《レイアウト》が違っていることに、二人ともすぐに気づいたが、その原因が大問題だったのだ。

美術館関係者の二人にとっては到底無視できない『爆弾』が実にさりげなく飾られているのである。

スタイン教授の心臓《しんぞう》を止めそうになった代物《しろもの》だ。

二人にとっても例外ではない。

ブライト館長の大きな身体が衝撃にぐらりと揺《ゆ》れ、血相を変えたモリス副館長は悲鳴を発した。

「どういうことです⁉　教授！　ウォレスさん！」

「こっ、この素描は！　まさか真作ですか！」

恐慌状態の二人に負けじとウォレスが押し殺した

声で叫ぶ。

「それはこちらがお尋ねしたい！　この絵がなぜ、こんなところにあるのです⁉」

もはや収拾不可能の状況である。

黒髪の青年がそんな彼らに近づいて、優しい声で話しかけた。

「いらっしゃいませ、ブライト館長、モリス副館長。お席にご案内します」

「……待ちたまえ！　今は食事どころではない」

ウォレス氏はまだ顔に激しい感情を残していたが、懸命《けんめい》に呼吸を整え、無理矢理自制心を取り戻すと、表面だけは冷静に、館長と副館長に問いかけた。

「あなた方にこんな無体を強《し》いたのは誰です？」

「はい、ぼくです」

予想外の人物からの予想外の答えに、ウォレスは眼を見開いた。

ブライト館長は絶望的な表情で天を仰《あお》ぎ、モリス副館長はウォレスと同じく呆然としている。


「ついでに言うなら、その素描の持ち主もぼくです。さっきもらったんですよ」

ウォレスは凄《すさ》まじい勢いでケリーを振り返った。

ケリーは苦笑して肩をすくめている。

「ま、そういうことです」

ルウもちょっと笑いながら言う。

「お代は支払わなくてもいいのかな？」

「おまえから金は取れねえよ」

ウォレス氏は激しい混乱に陥《おちい》りながらも、本来の目的を果たそうとした。

正直なところ、未《いま》だに事態が飲み込めないのだが、この若者があの素描の持ち主だとケリーが言うなら、交渉あるのみだ。いささか強《こわ》ばった声ではあったが、きちんと挨拶した。

「トレヴァー・ウォレスと申します」

「ルーファス・ラヴィーです。――ウォレスさん。ジャスミンの言うとおりですよ。商売の話はなしでお願いします。ここはお食事を楽しむ場所です」

人前も憚《はばか》らず、さらに声を張りあげようとして、ウォレス氏は青年の顔を初めてまともに見た。

太陽は既に沈み、テラスの外には闇《やみ》が広がりつつある。その暗がりを背景に、店内のほのかな灯《あか》りが照らし出す白い顔、宝石のような青い瞳《ひとみ》、束《たば》ねてはあるものの艶《つや》やかに光る黒い髪を真正面から見て、ウォレス氏は何も言えなくなった。

なぜなのか、ウォレス氏本人にもわからない。

ただ、怒気《どき》が引っ込んだ。

声が出なくなってしまったのだ。

「こちらへどうぞ」

ルウは館長と副館長、ウォレスを同じ一つの卓《テーブル》に案内した。気勢を削《そ》がれ、言われるまま席に着いたウォレス氏だが、これで治まるわけがない。

押し殺した声でブライト館長に詰め寄った。

「あの青年は、何者です？」

「いや、その……わたしにも、わからないのです」

間抜けな答えだが、館長としては他に言いようがないのだ。ひたすら額の汗を拭《ぬぐ》う他なかった。

パラデューはジャンヌを伴ってやって来た。

今夜は二人とも平服である。

しかし、夜の料理店に礼服以外で訪れることは非礼にあたると認識しているジャンヌは、建物に入る前から、しきりと身なりを気にしていた。

「お父さま、本当にこんな格好でいいのかしら？」

ルウからは『昼にご近所を訪ねるくらいの服装で来てくださいね』と言われている。つまりは完全に普段着だ。昼と夜では髪型も化粧も違う。大ぶりの装飾品ももちろんつけられない。

こんな時間に料理店へ行くのに、こんな控《ひか》えめな服装をするのは初めてだから、落ち着かないのだ。

とはいえ、ジャンヌが着ているスーツは、一般の奥さまなら充分よそ行きになる高級品である。

パラデューも考えあぐねた末、仕事用のスーツを着ていた。二人は地下から昇降機に乗り込んだが、昇降機は最上階へ着く前にいったんロビーで止まり、開いた扉からミシェルが入って来た。

彼も仕事用のスーツのままだった。

ミシェルは笑顔で二人に挨拶し、特にジャンヌに嬉《うれ》しそうに話しかけた。

「ミッチェル夫人。お久しぶりです」

「ジャンヌで結構ですわ。ポワールさん」

「わたしもミシェルで結構ですよ。ご主人の名前と似ていて紛《まぎ》らわしいですがね。──ご主人は今日も来られないんですか？」

「ええ。どうしても抜けられない仕事があるとか。ですけど、本当は……」

ジャンヌはちょっと困ったように首を振った。

「ウォーレンは恐らく、信じていないんですわ」

「と、言いますと？」

「義兄《あに》のお料理がどれほど素晴《すば》らしいかを、です」

首を傾《かし》げるミシェルに、ジャンヌは苦笑しながら説明した。

「社交界でもたいへんな評判ですのにね。わたしや他の方々が絶賛すればするほど、ウォーレンはその賛辞を……冷笑しているような印象を受けます」

パラデューが小さく舌打《したう》ちする。

「食べもしないで何がわかるというんだ」

ジャンヌはちょっと呆《あき》れたように父親を見た。

「いやだわ、お父さま。ウォーレンの態度は以前のお父さまそのものよ」

パラデューは苦虫を噛《か》み潰《つぶ》したような顔になり、ジャンヌは自嘲《じちょう》するように言葉を続けた。

「お父さまだけじゃない。わたしだって、そうよ。ウォーレンに何も言う資格はないわ」

パラデューは一つ息を吐いた。

「後悔《こうかい》先にたたずと言うが……殊《こと》に身に染みる」

彼のような立場の人間が、ここまで率直に反省を口にすることは珍しい。

言い換えれば、それだけ現在と向き合っているということだ。同調して、ミシェルも微笑した。

「アンヌもそうだったと言っていましたよ」

　父と娘は思わず眼を見張ってミシェルを見た。

　まもなく正式に開業するホテルのオーナーは昔を思い出しているのか、懐《なつ》かしそうに笑っている。

「わたしがアンリ・ドランジュに勤め始めた頃には、アンヌは全面的にテオの味方でした。だからテオが店を去る時、一も二もなくついていったわけですが、結婚すると聞いた時は正直『なぜ？』と思いました。アンヌは若くて、美人で、頭の回転も速く、お客のあしらいにも長《た》けている。お客の好みを見抜くのも、人の心を摑《つか》むのも上手《うま》い。将来起業したら、一緒に仕事をしたいと思っていたくらいですから、いくら料理の才能があるとはいえ、アンヌがテオを選んだことに驚きました。もちろん男女の間は——恋愛というものは一筋縄ではいかないことも、美しい理想通りには展開しないということもわかっていますが、アンヌにふさわしい男は他にも大勢いるはずなのに、よりによって、なぜあれを選んだのかと。そうした不満がよほど顔に出ていたのでしょうね。アンヌは、『気持ちはわかるわ』と笑って言いました。『テオは一見すると、ほんと駄目《だめ》人間だもん。あたしだって最初はそう思ってた』とも」

　最初は皆、テオを敬遠する。眉をひそめる。彼は頑固《がんこ》で偏屈《へんくつ》で、人の心もわからないように見える。けれど、そんなものは上辺《うわべ》だけに過ぎないと。

　彼の値打ちはそんなところにはないのだと。

「母は糟糠《そうこう》の妻でしたから、アンヌもその型《タイプ》の女性なのかと思いました。それじゃあ、夫を出世させることに喜びを感じるのかい？　と訊《き》いたら……」

　そんな大それたことは考えていない。

　あなたのお母さんだって、夫を出世させる、なんて考えていないはずだと、即座に反論されてしまった。

「テオが目指すもの、テオがやりたいと思うこと、あたしはそれを全部実現させたい。そのために力を貸すのよ。この店でできなかったことも含めてね」

　その時のミシェルには、アンヌが将来を棒に振るように思えてならなかったのだが、連邦大学の店を訪れて、『テオドール・ダナー』が『知る人ぞ知る名店』として業界での評価を確固たるものにするにつれ、アンヌの選択は決して間違っていなかったと思うようになった。

パラデュー父娘《おやこ》は初めて聞く話に熱心に耳を傾け、父親は感慨《かんがい》深げに言ったのである。

「アンヌはその言葉どおりにしたのだな……」

「ええ。彼女の見る目は正しかった。今ならそれがわかります。若かった頃のわたしには見えなかったものがアンヌには見えていたんでしょうね」

そんな話をしながら古風なチェストの陣取る角を曲がると、店の入口で立ち話をする二人連れがいた。

礼服を着慣れている三人は今の自分の服装に少々居心地の悪さを感じていたのだが、図《はか》らずも、もう少し普段着でもよかったと思う羽目になった。

「よう、アンヌの親父さん」

漁師《りょうし》のソール・レンは今日は少し格好をつけて、ジャケットを羽織《はお》っているが、下はカーゴパンツ、靴《くつ》はよく磨《みが》き込まれた作業用のブーツである。

ソールの横には、同じような服装の、髭《ひげ》もじゃの大きな男がいて、無言で頭を下げてきた。

「倅《せがれ》のスパイクだ」

パラデューも初対面のスパイクに自己紹介して、連れを紹介した。

「ホテルのオーナーのミシェル・ポワール氏。娘のジャンヌです」

漁師という人種と会うのは、ジャンヌには恐らく初めての体験だったろう。ぎこちなく挨拶をしたが、ソールは嬉しげな顔になった。

「アンヌの妹さんか？」

「姉をご存じなんですか？」

「昔はテオと一緒に何度も岬へ来たからな」

ソールはあらためて、ジャンヌを見つめ、真顔で頭を下げたのである。

「――あんたの姉さんは立派な人だった。姉さんがいなかったらテオの奴はどうなってたかわからねえ。俺が言うのも変な話だが——ありがとうな」

「いいえ。姉を覚えていてくださって、こちらこそありがとうございます」

ここにも自分の知らない姉を知っている人がいる。それが嬉しかった。もっと話を聞きたかったが、ソールはジャンヌの後ろに眼をやって、威勢《いせい》のいい声をあげたのだ。

「おう、よく来たな。まだ生きてやがったかい」

やってきたのは真っ白な髭を蓄《たくわ》えた老齢の人だが、顔は陽に焼けて、身体つきはがっしりとたくましい。むすっとした表情で言ってきた。

「相変わらず、口が減らんな」

「親父さん、ジャンヌ。こいつはポンピドゥ。野菜づくりの名人だ。——このでかいのは倅のスパイク。アンヌの父親と妹だよ」

パラデューが顔を輝かせた。

「シメオン・パラデューです。あれはあなたの人参《にんじん》でしたか？」

老人は頷き、木訥《ぼくとつ》な口調で弔意《ちょうい》を述べた。

「アンブロワーズ・ポンピドゥです。お嬢さんは、素晴らしい方でした。残念です」

パラデューも丁寧《ていねい》に礼を返した。

「恐れ入ります」

ジャンヌも控えめながら熱意を込めて話しかけた。

「先日、こちらでトマトのスープをいただきました。本当に美味《おい》しかったです。あれはポンピドゥさんのトマトだったのでしょうか？」

ポンピドゥが答える前にソールが尋ねた。

「ありゃあ、美味《うま》かったよな。今日も食えるか？」

「おまえは、今日は魚を持ってきたのか？」

「さすがにもうオールドクラウンは取れねえがよ、海老《えび》を持ってきたぜ」

スパイクが初めてしゃべった。

「あれは俺が取ったんだぞ。滅多《めった》にない上物ばっか揚《あ》がったってのに、横取りしやがって……」

「細かいことを言うんじゃねえや。だからおまえも連れてきてやったんだろうが」

親子喧嘩《げんか》に発展しかけたところに、新たな客人がやってきた。

三十代の夫婦である。

店の入口に大勢の人がたむろしているのを不思議そうに見つめて、応対に出た給仕係に尋ねた。

「ここは『テオドール・ダナー』で合ってますか？　招待されて来たんです。アンドリュー・クーパー。妻のベスです」

この名前にソールとポンピドゥが反応した。

「ひょっとして、サム・クープの息子か？」

声をかけられたアンドリューが驚いて振り返る。

「そうですが、そちらは……？」

「サムの古い知り合いさ。へえ、奴《やっこ》さんの倅がもうこんなに大きくなって、嫁さんもらったのかよ」

ソールが歓声をあげ、ポンピドゥも力強く頷いた。

「サムの豚《ぶた》は、最高だった。その豚を使ってテオがつくったソーセージは、もっと最高だった」

パラデューとミシェルは思わず手を打ったのだ。

「ひょっとして、あのホットドッグのソーセージは――あなたの豚肉ですか？」

「いやはや、ここでお目にかかれるとは実に嬉しい。あれは本当に美味しかった」

知らない人たちに熱心に話しかけられて、アンドリューは困惑するも、父親の知り合いということで如才《じょさい》なく挨拶した。

「うちの豚肉を気に入っていただけたのでしたら、ありがとうございます」

そこに若夫婦の度肝《どぎも》を抜く人たちがやってきた。

マヌエル一世と二世である。

二人とも砕《くだ》けた服装だが、かつては共和宇宙中で顔を知られた著名人だ。若夫婦は眼を見開き、口をぽかんと開けて、慌てて囁《ささや》きあった。

「……嘘《うそ》でしょ、アンディ。ここって元連邦主席が来るような店なの？」

「……ぼくも知らなかったよ」

だからといって、二人とも興奮《こうふん》して騒ぎたてたり、父子にまとわりついたりはしない。

店の入口までやってきたマヌエル父子に向かって、控えめに会釈《えしゃく》しただけだ。

パラデューはその様子を眼に留め、年は若くとも礼節を知っている人たちだと評価した。

「やあ、二世。——一世も、お久しぶりです」

パラデューにとっては後輩《こうはい》とその父親だ。

気さくに声をかけて、その場の人々を紹介した。

天然のオールドクラウンを釣《つ》る漁師だとソールを紹介されたマヌエル父子は破顔した。

「あの『旬《しゅん》知らず』を釣ったのもあなたですか」

「あのお料理は、今まで食べたオールドクラウンの中でも一番、美味しいものでした」

「そりゃあそうさ。養殖と比べちゃいけねえよ」

元連邦主席二人の前でも、ソールの伝法《でんぽう》な態度は変わらなかったが、彼は公正な人間でもあったので、苦笑しながら首を振った。

「あの時、俺もここの二階で、あの『旬知らず』を食わせてもらったんだ。——たまげたぜ。ありゃあ、一にも二にもテオの仕事さ」

ソールにポンピドゥを紹介されたマヌエル父子はまた笑顔になった。

「あなたの野菜でつくったサラダをいただきました。実に新鮮な、美味しいお野菜でした」

「本当に、寿命が延《の》びるようでしたよ」

ポンピドゥは少し顔をほころばせて頷いた。

「うちの野菜も、テオに料理してもらうのを喜んでいると思います」

そして、豚の生産者を紹介されたマヌエル父子は顔を輝かせてアンドリューに声をかけたのである。

「あなたがあの鬼林檎《おにりんご》の！」

「素晴らしかった。いや、まことに美味しかった」

しかし、アンドリューとしては元連邦主席二人の賞賛を素直に受け取るわけには到底いかなかった。

仰天して叫んだ。

「待ってください！　まさか……お二人ともあれを食べたんですか！　豚肉じゃなくて⁉」

ベスも両手で口を覆《おお》い、悲鳴を飲み込んでいる。

鬼林檎が豚の餌《えさ》であることも、生食できる代物でないことも、彼ら自身がいやというほど知っている。

あんなものを食べて元連邦主席二人の健康に害が生じたらどうしようと、二人とも青くなったのだが、マヌエル父子は実に楽しげに笑っている。

「あんなに美味しいものをいつも食べているなら、あなたのところの豚はさぞ美味しいのでしょうな」

アンドリューには返す言葉がない。

ただひたすら、冷や汗をかくしかない。

何が何やらさっぱりわからなかったが、給仕係が一世と二世を呼んだので、詳しくは聞けなかった。

他の人々も給仕係に案内されて、それぞれの席に着いたのである。

店の奥には既に作業服の一団が座っていた。

いつもは四人一組で現れ、絵を飾ったらただちに引き上げる彼らが、今は十六人、勢揃《せいぞろ》いしている。

四人で一つの卓を囲んでいるが、皆が皆、非常に立派な体格で、なおかつ姿勢がいい。

目立つことこの上ない。

実のところ、彼らはこの招待を断ろうとしたのだ。

しかし、スタイン教授がいみじくも言ったように『無駄な抵抗』に終わったのである。

「今日は全員で、お料理を食べてくださいね」

と、現場の最高責任者に言われてしまったので、『忍』の一字でこの席に臨んだというわけだ。

こんな任務は初めてだったが、周囲には民間人が大勢いる。特に警戒《けいかい》する対象ではないのだが、身に染みついた習慣で、店内に入ってくる人々に、常に注意を払うことは忘れなかった。

もともと四つの班から成りたっている彼らなので、自動的に一つの卓に一人の班長がいる。

その四人が、居心地の悪そうな仲間たちに小声で指示を出している。
「黙りこくっているのも変に思われるぞ」
アレンビーがそっと促《うなが》し、隣の卓でキンケイドも
おもむろに頷いている。
「何か話したほうがいいな」
だが、迫力満点の班長にそんなことを言われても、
すぐには話題が出てこない。
そもそも、こんな席でどんな話題が適当なのかも
見当がつかなかった。
四六時中、一緒にいる間柄《あいだがら》とはいえ、仕事以外
の話をしたことはほとんどない自分たちである。
この場にふさわしい話題を探し、何とも言えない
顔を見合わせて、ぼそっと言った。
「……世間話とかですかね」
「……お天気の話とか？」
全員、途方に暮れた顔になった。
別の卓で、パークスは軽くため息をついている。
「……不測の事態の極めつけだ」
「いや、考えようによってはいい経験だろう」
その隣の卓でファレルは意外にも前向きに言って、
同じ卓の同僚たちに気さくに声をかけた。
「ご婦人の弁当は何が美味かった？」
飲食店で他の料理の話をするというのも決まりが
悪いが、この際、致し方ない。
ファレルは彼らを促す意味でさらに言った。
「あの人の弁当は何を食べても実に美味かったが、
俺は人参をスティックにして、挽肉《ひきにく》を巻いたやつが
特に気に入ったな。玉蜀黍《とうもろこし》がよく利いていた」
同僚たちは顔を見合わせた。
確かにその話なら大いにできる。
皆、ファレルの提案に乗って、感想を言い合った。
「野菜スティックかな。野菜も美味かったですけど、
付け合わせのディップが最高でした」
「それなら、俺はあの揚げたてのフライドポテトが
忘れられない」
「肉団子とマッシュポテトの組み合わせ」

「分厚い卵焼きを挟んだサンドイッチが美味かった。塩が利いてて……あんなの、初めて食べたよ」

これは意外にうまくいった。他の卓でも、あれが美味かった、どれが気に入ったと盛りあがっている。

少なくとも端《はた》からは楽しげに談笑しているように見えるはずだった。

そんな中、老齢の客二人が新たに入ってきた。

『世間話』に興《きょう》じていた彼らはその二人の客を見て、ほんの一瞬、表情を引きつらせた。

が、すぐに平静を装っている。

マヌエル父子は思いがけない知人と同席になり、大喜びで挨拶を交わしていた。

「これはこれは、ミスタ・クーア。ミズ・クーア。ここでお目に掛かれるとは……」

「まことに、喜ばしい限りです」

ケリーとジャスミンも嬉しげに挨拶した。

「お元気そうで何よりです、一世、二世」

「二世がここの料理長を贔屓《ひいき》にしているのは知っていましたが、一世も魅了されましたか？」

「はい。息子に勧《すす》められましてな。おかげさまで、長生きできそうですよ」

「それは何よりです」

和やかな世間話を楽しみながら、マヌエル二世は何気なく作業服の一団に眼をやった。何しろ目立つ人たちだから無理もないが、二世も練《ね》れた人だから、じろじろ見るような失礼はしない。むしろ無関心な眼差しを向けたのだが、何かが引っかかった。

知っている顔を見た気がしたのだ。

はて、運送会社に知り合いがいただろうか、以前何かで世話になったことがあったかと脳内の記憶を検索《けんさく》した二世は、呼吸が止まりそうになった。

椅子から転がり落ちるかと思ったが、その驚愕を顔にも態度にも微塵《みじん》も出さなかったのは、さすがと言う他ない。元連邦主席の面目躍如《めんもくやくじょ》といったところだろうが、隣に座っていたもう一人の元連邦主席は、息子の異変に気がついた。

「どうかしたのかね？」

この問いは二世の耳には入っていなかった。

彼は隠《かく》しきれない絶望的な表情を浮かべ、正面に座っている男に、すがるように話しかけたのである。

「……ミスタ・クーア」

ケリーは困っているような、二世を慰《なぐさ》めるような表情を浮かべて、ちょっと肩をすくめた。

「俺を責めるのはお門違《かどちが》いですよ、二世。俺もついさっき知ったんです」

ジャスミンも苦笑いしている。

「まったく、無茶をしてくれるものです。まさか、こんなことになっているとは予想外でした」

二世は大きく深呼吸して、ゆっくり首を振った。

「実を言うと……以前から妙だと思っていたのです。今まで彼の店で、複製を見た覚えはないので……」

一世だけが理由《わけ》がわからない。

怪訝そうな表情で息子を問《と》い質《ただ》した。

「何のことだ？」

「父さん……」

二世は努めて平静を装い、小声で言ったのである。

「驚かずに聞いてくれ。あの作業服の人たちは——ゼロハチだよ。闇の法典《コードオブダークネス》08」

一世も顔色を変えた。

隠遁《いんとん》して長いとは言え、そこは元連邦主席だ。

一世の時代には存在しなかった秘密の部隊だが、その存在も、どんな活動をしているかも知っている。

呆然と呟《つぶや》いた。

「……ここから見る限りでも、十六人もいるが」

ジャスミンが言った。

「恐らく全員がその構成員だと思います。明らかに共通の訓練を受けている雰囲気ですからね」

二世は、口元だけは笑みをつくりながら呻いた。

「彼らをわざわざ輸送業者に仕立てるとなると……運ぶ品物が単なる複製であるはずがない」

一世がぎょっとして息子を見た。

笑っているようで眼だけは真剣そのものの息子の

見上げる。

顔に出くわし、唖然《あぜん》としながら、壁に飾られた絵を

ケリーが頷いた。

「エレメンタル美術館の公式頁《ページ》を検索したんです。そうしたら、『暁の天使』は午後三時で展示を終了しているそうですよ。この三カ月間、ずっとです」

「三カ月⁉」

二世は眼を剝《む》き、一世も覚えず唸《うな》った。

「いやはや、何とも……」

店内を見下ろすように飾られている大きな絵画に、あらためて眼をやり、一世は思わず身震いした。

ほとほと呆れたように首を振る。

「思い切ったことをなさいますなあ……。これも、あなたの天使の仕業《しわざ》ですか？」

ジャスミンが断言した。

「他の誰にも不可能です」

ケリーも名画を仰ぎ見ながら同情の口調で言った。

「思わぬところで目の保養をさせてもらってますが、さすがにお孫さんが気の毒になってきますよ」

現主席の祖父と父親はおもむろに頷いた。

「はい。まことに……」

「息子にとっては、とんだ災難でしたでしょう」

同情する口調で言ったが、父親はいささか薄情な感想も付け加えたのである。

「ですが、自分が現在の主席でなくてよかったと、つくづく思いますよ」

「孫には申し訳ないが、わたしもだよ」

この時、また新たな客が店に入ってきた。

細身で背の高い、優しげな風貌《ふうぼう》の老婦人である。

女性は店の奥の一団を見ると、顔をほころばせて、まっすぐ近づいていった。

さらに驚いたことに、その人を迎えて、十六人がいっせいに立ち上がったのだ。

とんでもない迫力である。

アガサはこの三カ月で顔見知りになった人たちに、嬉しそうに笑って話しかけた。

「皆さん、いらしたんですね。よかった。皆さんに一度はテオのお料理を味わっていただきたかったの。――今日まで本当にありがとうございました」

代表して、それぞれの班長が丁寧に挨拶する。

「こちらこそ、長い間ご親切にしていただきました。ありがとうございます。先程も、あなたのお弁当の話をしていたところでした」

キンケイドが生真面目に頭を下げ、アレンビーも熱心な口調で言った。

「毎回中身を変えてくださって、皆いつも楽しみにしていました。深く感謝しております」

パークスはいささか申し訳なさそうである。

「本日はお招きに与《あずか》りまして……こんな格好では申し訳ないとお断りしたんですが……」

「そもそも、あなたのお弁当以上に美味しいものはないだろうと思うのですがね」

冗談交じりに言ったファレルに、アガサは真顔で首を振った。

「いいえ。とんでもない。すぐにわかりますよ」

テオドールのご近所のジェイソンもやってきた。

彼は本当は昨日の最終日に予約を取ったのだが、アガサやパラデューが慰労会《いろうかい》に招かれていることを知って、今日に変更してもらったのである。

アガサはジェイソンと同じ卓に案内された。

他にはパラデューとジャンヌ、ミシェルがいる。

ミシェルはアガサとは初対面だ。

パラデューに紹介されて、笑顔で挨拶した。

「あなたの香草も卵も本当に素晴らしいものでした。もうここで味わえないのが残念です」

「ありがとうございます。連邦大学のテオの店には今後も卸《おろ》す予定ですから、お時間がある時にでも、食べに来てください」

私服のザックとチャールズも、時間ぎりぎりに、息せき切ってやってきて、無事に席に着いた。

スタイン教授はいつもの指定席に通されていたが、今日はその卓が四人掛けになっている。

他の三つの椅子にはリィ、シェラ、ルウが座った。

リィが笑顔で教授に話しかける。

「お相伴《しょうばん》させてもらうね」

シェラもうきうきした様子で眼を輝かせている。

「裏方の人たちには申し訳ないですけど、ご主人のコース料理を味わえるのは嬉しいですね」

「ほんと、子どもはお店で晩餐《ばんさん》を食べられないって不便だよな。早く大きくなりたいよ」

不満そうに言うリィが初めて子どもらしく思えて、教授は意外そうに言ったものだ。

「安心したぞ。きみにもそうした心があるのだな」

リィが呆れたように言い返す。

「教授。人を何だと思ってるんだ？」

「何と言われても……」

適切な言葉を探して、教授は少し考えたが、結局、思ったとおりのことを言った。

「変な子どもだと思っている」

「本人を前に言うか、普通？」

「訊かれたから答えたまでだ」

半世紀以上も歳の違う二人が真剣に言い合う横で、シェラがくすくす笑っている。

ルウも椅子の座り心地を確かめながら、楽しげに笑って言った。

「初めて座れたよ。やっと落ち着いて食べられる」

リィが茶化した。

「デザートまでは、だろう？」

「それはきみたちもでしょ？」

教授には意味がわからなかったが、問い質す前に最初の料理が運ばれてきた。

# 18

テオドールの技倆《ぎりょう》は今日も冴《さ》え渡っていた。

彩り豊かな前菜が三品も出され、そのうち一皿は魚介に香味野菜をあしらった料理だった。

アガサは自分で育てた香味野菜を味わい、迷わず断言したのである。

「他の誰に料理してもらうより美味《おい》しいわ」

店内からも賞賛の声が次々にあがっている。

ひっそりと静まりかえることが多い店も、今日は生産者が多いせいか、楽しげな話し声がしている。

アガサと同じ卓についていたパラデューは料理の出来映えだけでなく、香味野菜の滋味《じみ》も賞賛した。

「あなたの野菜を食べると、錆《さ》びてしまった身体がきれいに洗われるようですよ」

ジェイソンが嬉《うれ》しそうに頷《うなず》く。

「昔はアガサさんの山菜と香味野菜は大活躍だった。久しぶりに食えて嬉しいよ」

ジャンヌが笑顔で問いかける。

「それは姉がアガサさんにお願いして、義兄《あに》の店に届けていただいていたものですか」

アガサも笑って頷いた。

「はい。山の恵みも、大事に育てた野菜も、テオに料理してもらうと、実を結ぶように思えます。山の恵みに関しては、わたしの力の及ぶところではありませんけれど……」

パラデューはおもむろに首を振った。

「いやいや、ご謙遜《けんそん》を。あなたが日々山を手入れし、たいせつにしているからこその恵みでしょう」

ミシェルも同意した。

「そうですよ。お客さまにも大変な評判でした」

続いて登場したのは、今やこの店の名物とも言うべきサラダだった。多種多様の葉物や種子を大きな皿に並べて絵を描《えが》いたような一品である。

通常のサラダと異なるかなり装飾的な盛り付けに、ケリーとジャスミンは首を傾《かし》げた。

「変わったサラダだな……？」

「ああ。ずいぶん、ちまちましてるぜ」

ところが、食べてみると実に美味しい。

共和宇宙中の美食を食べてきた二人が思わず眼を見張ったくらいにだ。

「こいつは驚いた……」

「サラダにこれほどの個性を出せるとは……」

マヌエル一世も、二世も、笑顔で頷いている。

「初めていただきますが、美味しいですなあ……」

「わたしは前に一度食べましたが、その時とは少し、使われている食材の種類が違います。しかし、何度食べても実に美味しい」

ポンピドゥのトマトでつくった冷製スープには、店内からどよめきがあがった。

どこにでもある料理なのに、決定的に味が違う。

「こりゃあ美味《うめ》え……！」

思わず洩《も》らしたのはスパイクだ。その横で父親のソールも大喜びである。

「またこいつを味わえるとは思わなかったぜ！　昔より美味《うま》くなってるのは、おめえのトマトが生長したのか、テオの腕が上がったのか、どっちだ」

同じ卓《テーブル》についたポンピドゥは髭《ひげ》の口元にかすかに笑みを浮かべて、ぼそりと言った。

「両方だ」

次々に歓声があがる店内で、作業服の一団だけはひっそりと静かだった。

検査していない食物を口にすることは、本来なら禁止事項だが、これも一種の『任務』である。

致し方ないと自らに言い聞かせながら黙々と手を動かしていたが、見れば、どの顔も美味しいものを食べる喜びに眼が輝いている。

偽装《カムフラージュ》のおしゃべりもすっかり忘れて、料理を夢中で食べ終え、皿が下げられるのを見送りながら、次はどんな料理が出てくるのだろうという期待感で、口を利《き》くことを忘れている。

料理どころではないと言っていたウォレスでさえ、そうだった。

彼は椅子に座ってからずっと上の空で、壁ばかり見ていたが、最初の料理を一口食べた途端《とたん》、顔色が変わって、信じられないように手元を見た。

それからは、壁を見ようとするものの、料理にも注意がいく。壁を見て、手元を見る。何とも忙しい。

同席している館長と副館長もその状況は同じだが、(何しろ彼らにとってはとんでもない爆弾の素描《そびょう》が今日は新たに加わっている) 味覚がもたらす衝撃《しょうげき》を無視できない。

もちろん、金銀黒天使たちも舌鼓《したつづみ》を打っていた。

ルウが嬉しそうに笑って言う。

「幸せだなあ。何を食べても本当に美味しい……」

料理上手《じょうず》なシェラも感動して頷いている。

「使う材料が違っても、食べればすぐに、ご主人の料理だとわかりますね。見事なものです……」

リィは誰よりも早くスープの皿を空《から》にしていた。

次の料理が出てくるまで手持ちぶさただったのか、スタイン教授の椅子の横に置かれた平《ひら》たい鞄《かばん》を見て、ちょっと意外そうに尋《たず》ねたのである。

「教授、やっぱり絵を描くの?」

トマトスープを食べていた教授は妙な顔になって、手を止めて問い返した。

「——やっぱりとは?」

「テオがそう言ったんだよ。ホットドッグを出した時に。教授のことを『絵描きのじいさん』って」

スタイン教授は何とも言いがたい顔になった。

その時は近くにいなかったルウが、興味を持った様子で尋ねた。

「そんなこと言ってたの?」

「はい。わたしも聞きました」

シェラが頷いて、不思議そうに続けた。

「ですけど、教授は絵を描くお仕事ではないのに、ご主人はなぜそう思われたのでしょうね？」

教授は黙っている。

スープ皿が下げられ、新たな料理が運ばれてきた。

クラム赤牛のすじ肉でつくられたテリーヌである。

この料理をことのほか喜んだのは言うまでもなくマヌエル一世だが、二世も一口食べて唸《うな》った。

「……確かに先日とは味が違うが、なんと！」

一世も顔中に幸福を表現しながら請け合った。

「……美味しいという意味では勝《まさ》り劣《おと》りはないよ」

ケリーもジャスミンも驚きを隠《かく》せないでいる。

「こいつは、たまげた……」

「すじ肉でこんなことができるのか……」

れっきとしたご馳走《ちそう》としか思えない。

その感想を抱いたのは二人だけではない。

給仕係に料理の説明をされて、店内のあちこちで驚嘆《きょうたん》の声があがっている。

「これがすじ肉だって？」

「嘘《うそ》でしょう？」

連邦大学惑星《ティラ・ボーン》の住人であるジェイソンとアガサは、そもそもクラム赤牛を食べるのが初めてだ。

二人とも眼を丸くしながら味わっている。

「すげえなあ。口の中で溶けるぜ……」

「でも、しっかりと牛肉の味よ。それも、とびきり美味しい牛肉だわ。こんな牛がいるのねえ……」

本職の料理人であるザックとチャールズは、この『離《はな》れ業《わざ》』に舌を巻いていた。

「……クラム赤牛でも、俺らの世界では、すじ肉はあんまり使い道がねえんだが、とんでもねえや」

「……美味しいものなら、先生は貪欲《どんよく》に取り入れる方です。この姿勢は見習わないといけません」

ブラックロッド牛のテリーヌを食べている教授も、今日の料理と食べ比べて、公正に評価した。

「甲乙つけがたいな」

先日の一件を知らないリィとシェラが首を傾げる。

ルウが説明した。

「前は違う種類の牛でこのお料理をつくったんだよ。

だから味が違う。でも、どっちもすごく美味しい」

なぜわざわざ違う種類の牛を使ったのか、ルウはその理由も説明した。マヌエル一世が、三十年近く前に一度だけ食べた料理を、もう一度、食べたいと希望したこと。同じ味を再現するために、わざわざブラックロッド牛を取り寄せたこと。

話を聞いて、二人とも感心したようだった。

「テオはそんな昔のことを覚えてたのか？」

「うん。驚いたよ。一世の写真を見せたら、すぐに思い当たったみたいだった。あの人、料理に関することなら超人だからね。その料理を美味しく食べてくれた人のことも覚えてたんじゃないのかな？」

スタイン教授が諦《あきら》めの境地のような顔で言った。

「超人どころか……もはや特異能力の域だぞ」

金銀黒天使の視線が教授に集中する。

料理を食べ終えた教授はナプキンで口元を拭《ぬぐ》い、一つ息を吐くと、独《ひと》り言《ごと》のような口調で言い出した。

「わたしは、これでも、結構いい家の生まれでな」

「これでもじゃあないでしょう。どこから見ても、そんな感じがしますよ」

ルウの指摘《してき》に、リィもシェラも頷いた。

特に服飾に詳しいシェラは、教授の身だしなみについて一言添えた。

「お召し物も、いつも手縫《てぬ》いのお仕立てですよね」

「ほう、若いのに、よくわかるな」

「裁縫《さいほう》は得意なので。手縫いか機械で縫ったものか、見ればわかります」

リィが肩《かた》をすくめている。

「おれにはさっぱりわからない」

教授は低く笑って、話を続けた。

「衣食住と言うが、食と衣に関しては両親の方針で、きみたちくらいの頃には注文服を着ていた。食べるものもだ。家でも学校でも料理人がつくっていた」

今度は独り言というより、昔話の口調だった。

「今時の子はどうか知らんが、わたしは少年時代に、軽食スタンドで売られている食品を口にしたことがなかった。ああいうものは身体に悪いと親が嫌っていたのでな。──大学を卒業して、何年か経った頃、生活費を切り詰める羽目になり、初めて食べた」

ルウが遠慮《えんりょ》がちに片手をあげて質問した。

「失礼ですが、大学はどちらを？」

「メートランドだ」

上流階級御用達の、名門中の名門である。

現連邦主席もここの卒業生だ。

「それなのに、生活に困ったんですか？」

「うむ。その頃に盛大な反抗期がきたのでな」

リィが冷静に指摘した。

「反抗期にしては、ちょっと遅いんじゃない？」

「致し方ない。それまでは、子の務《つと》めとして、親の期待に沿わなくてはと思っていたからな」

「教授。意外に律儀《りちぎ》だね」

以前のスタイン教授ならリィのこういう言い分にたちまち腹をたてていたのだが、今の教授はむしろ、この少年とのやりとりを楽しんでいるようだった。

「いかにも。絵は十代の頃から趣味で描いていたが、初めて親の意向に背《そむ》いて、本格的に描き始めた」

今度はシェラが心配そうに訊《き》く。

「それでは、ご両親はお怒《いか》りになったのでは？」

「ああ。勘当《かんどう》を宣言《せんげん》された。幸い、わたしには個人名義の金がいくらかあったから、それを持って家を飛び出した。当初は惑星グェンダルへ行こうかとも思ったのだが、中央座標《セントラル》には共和宇宙中のあらゆる才能が集まってくる。シティの近くに部屋を借りた。画架《イーゼル》を置くだけの場所と寝床さえあれば充分と思い、一番家賃の安い部屋を契約したら、予想外に古びた有様で驚いたが、それすら楽しかった。とはいえ、絵を描くためにはまず食べなくてはならん」

リィが言った。

「でないと、死ぬよ」

「もっともだ」

教授もしかつめらしく頷いた。

「自炊は考えなかった。一度もやったことがないし、その作業に割《さ》く時間も惜しかった。部屋で作画中は配達を頼んでいたが、外にいる時はそうもいかん。——いや、外でも配達を受け取れるのかもしれんが、当時のわたしにはその知識がなかったのだ」

「おれにもないよ」

「わたしもです。便利なことができるんですね」

茶々を入れたが、二人ともすぐに口を閉じ、話を聞く姿勢に戻っている。

「——とある大きな公園で、写生中に腹が減ってな、もともと食に無頓着《むとんちゃく》な質《たち》だからパンの一切れでもあれば充分だと思い、売店を探した。見つけたのはホットドッグの屋台だった。街中でもよく見かける、車が屋台になっている形式のものだ」

今の教授なら間違っても立ち寄らないものだ。

「車の前にはちょっとした机が置かれ、立て看板も出ていた。『パンもソーセージもただ今焼きたて』そんな宣伝文句が並んでいたと思う。食べたことはないが、同級生が『あまりうまいもんじゃない』と話すのを聞いたことがある。気は進まなかったが、それこそ背に腹は代えられん。腹がふくれることが何より肝心《かんじん》だ。そう思って近づいてみると、屋台の中にいたのは——子どもだった」

「子ども？」

「そうだ。きみたちより、まだ小さかったと思う。そんな少年一人だけが、せっせと働いていた」

リィとシェラは顔を見合わせた。

「それだと、下手《へた》すると小学生だよな？」

「アルバイトにしても小さすぎますね」

ルウが言った。

「親の仕事のお手伝いをしていたのかもしれないよ。それならお小遣《こづか》いで充分働ける」

「その通りだ。第一、子どもに車の運転はできない。今は姿が見えないが、大人は所用で席を離れていて、子どもに留守番《るすばん》を任せたのだろうと思って、少年の手元を見ると——手を真っ白にして粉《こな》をこねていた。これは後で知ったのだが、焼きたてと謳《うた》っていても、ああいう屋台では調理済みのパンを加熱するだけというのが通常らしいな。しかし、それなら何も粉を練る必要はない」

ルウとシェラが感心したように言った。

「パンづくりから、そこでやってたんだ」

「ですけど、粉を練っていたなら、焼きあげるまでかなり時間がかかりますよ？」

「たぶん、間隔《かんかく》を開けて、少しずつ種《たね》を発酵させて、少しずつ焼きあげてを繰り返してたんじゃないかな。それなら、ある程度の数の焼きたてをいつも手元に用意できる」

「屋台に天火《てんぴ》の設備があったんですね……」

教授が話を元に戻した。

「調理機具のことはわたしにはわからんが、看板の文句に嘘偽《うそいつわ》りはなかったわけだ」

何を思ったか、教授は苦笑しながらリィを見た。

「これがまた無愛想というか、素っ気《そけ》ないというか、憎たらしいというか、可愛げの欠片《かけら》もない少年でな。きみはまだ外見だけは申し分ないが……」

リィはことさら真面目に答えた。

「それは自覚してる」

「少年はお世辞にも見た目がいいとは言えなかった。言葉遣いもだ。大人や客に対する礼儀も遠慮もない。これでは接客業としては落第だと思ったが、それを指導するのはわたしの仕事ではないからな。ホットドッグを一つ注文した。できあがるまで少し時間が掛かったのを覚えている。それを食べた時――」

教授は何とも言えない顔になった。

「あの時の衝撃を、わたしは長い間、忘れることができなかった。あんなに美味しいものは、生まれて初めて食べたと断言できる。あまりにも美味しくて、食べ終えてしまったことすら意識しなかったほどだ。――その場で即座にもう一つ注文した」

金銀黒天使は軽い驚きに眼を見張り、思わず顔を見合わせて、黙って教授を見た。

スタイン教授は苦笑しながら昔話を続けている。

「こんなに美味いものがあるなら配達を頼む必要はない。幸い部屋の近所にも軽食スタンドがあるので、翌日は嬉々《きき》としてそこに向かった。——ところがだ、『どこで食べても同じ味だ』と言っていた同級生を虚偽《きょぎ》で訴《うった》えようかと真剣に検討したくらい味が違う。どういうことかと啞然《あぜん》とし、念のため、他の屋台や軽食スタンドにも行ってみたが、結果的に同級生の言い分は正しかったと思い知らされる羽目になった。確かに悪い意味で同じ味なのだ。似たり寄ったりで大差がない。——最初に食べた、あの少年のホットドッグだけが別格で、桁外《けたはず》れに美味しかったのだと、理解せざるを得なくなった」

「…………」

「次の写生も同じ公園に行ってみた。あの無愛想な少年がやはり一人で留守番をしていた。そこでまたホットドッグを注文して食べてみたら……」

ルウがすかさず尋ねる。

「消えました？」

教授はおもむろに頷いた。

「ものの見事に」

「…………」

「——おかげで、またもう一つ頼む羽目になった。あまりにも美味しいので、無愛想な少年に向かって、『きみは世界一のホットドッグ職人になれるぞ』と請け合った覚えがある」

「…………」

「それから何度か公園に通った。いつも少年がいて、気むずかしそうな顔でホットドッグをつくっていた。ところが、ある日のことだ。行ってみると、屋台に大きな男がいて、あの少年の姿はなかった」

その時点で、少々いやな予感はしたのだ。

ホットドッグを買って食べてみると、案の定だ。

「まるで味が違う。同じ店の商品とは思えないほど、以前に食べたものと比べて味が落ちている。危うく詐欺《さぎ》で訴えたくなったくらいだが……」

リィがちょっと呆《あき》れたように笑いながら揶揄《やゆ》する。

「教授は法律家《ほうりつか》になってもよかったんじゃないか」

「大学では法科を専攻したからな」

眉《まゆ》一つ動かさずに返して、教授は続けた。

「ここにいた少年はどうしたのかと男に尋ねると、男は困惑顔で、あの小僧が何かしたかと訊いてきた。話を聞いてみると、あの少年は男の遠い親類の子で、男の妻が入院することになったので、見舞いに行く間だけ留守番を頼んだという。妻が退院したので、手伝いも必要なくなったから帰したと。そうしたら、何人もの客が、あの少年はいないのかと訊いてきて、こっちは困ってると、男はしきりとぼやいていた。当然だな」

「………」

「少年の身元や行き先を尋ねることはできなかった。そんなことをしたら確実に不審者だからな」

スタイン教授は苦い顔になって、舌打ちした。

「それ以来、軽食スタンドや屋台を見かけるたびに試しに食べてみて、失望することの繰り返しだった。まったく忌々《いまいま》しい。——十年が過ぎる頃には二度とホットドッグは食べたくないと思うようになった」

リィとシェラがそっと囁《ささや》き合った。

「……十年、粘《ねば》ったんだ？」

「……執念《しゅうねん》ですねえ」

ルウが微笑しながら言う。

「そのホットドッグに、ついに再会したわけですね。三カ月前、この場所で」

スタイン教授は大きな息を吐いた。

「——四十数年前に味わった衝撃そのままだった」

「………」

「これは夢か幻かと、己《おのれ》の理性を真剣に疑ったぞ。ダナー料理長は連邦大学の人だと聞いた。ならば、あの公園にいたのは——別の少年だったのだろうと、人違いだろうと思ったのだが……」

ルウが首を振る。

「テオドールさんだったと考えるほうが自然です。なぜといって、消えるホットドッグなんてそうそうつくれるものじゃないですよ」

「そのようだな……」

教授は笑って、ゆっくり首を振った。

「先日、マヌエル一世は同じ料理を再び食べるまで三十年近くと言われたが……料理長は昔の客の顔もよく覚えているという話もあったが、四十数年だぞ。正直なところ、未《いま》だに信じられん」

確かに、ここまでくると立派な特異能力だ。

ルウが何を思ったか携帯端末を取り出して検索《けんさく》を始め、結果を見て軽く眼を見張った。

「すごいなあ。今の教授はお髭もたくわえているし、一目で見分ける自信はちょっとないです」

そんなことを言いながら、画面を見せてくる。

「メートラの卒業生名簿で検索を掛けてみました。——教授ですよね？」

リィとシェラも画面を覗《のぞ》いてみた。

若々しく眉目秀麗《びもくしゅうれい》な、すばらしい美男子が映っている。

昔の自分の写真を見て、教授は苦い顔になった。

「よほど親しい間柄《あいだがら》ならまだしも、単なる客だぞ。この顔と今のわたしを結びつけられるか？」

「面影はあるよ。本人なんだから当たり前だけど」

リィが言い、シェラは別の意味で感心している。

「これほどの男前は滅多《めった》にいません。——若い頃はさぞかし女性におもてになったのでは？」

リィはこの意見に懐疑的《かいぎてき》だった。

「どうかなあ？　眼の感じなんか今の教授と同じで、頑固《がんこ》で偏屈《へんくつ》そうだから、敬遠されたんじゃないか」

シェラがたしなめる。

「そこは意志が強そうと言いましょうよ」

「けどさ、見た目がよくても、女の子にもてるとは限らないんだぞ。おれたちがいい例だろう？」

「確かに、敬遠されていますね」

シェラが真面目に頷くので、教授は逆に気の毒になったらしい。

「きみたちは女子に人気がないのか？」

　ルウが笑って否定する。

「大人気だと思いますよ。ただ、自分よりきれいな男の子を彼氏に持ちたい女の子はいないんです」

「むう、複雑な女心なのだな」

　教授はしかつめらしく頷き、リィは小さく笑って、ふと真顔になった。

「だけど、教授。そんなに熱心に絵を勉強したのに、なんで画家にならなかったの？」

「……なれなかったのだ」

　平坦な口調で言い、脇に置いた平たい鞄の中から、教授は何か取りだした。

　古びた画帳だった。

　その中の一枚のページを開いて、皆に披露《ひろう》する。

　リィもシェラもルウも身を乗り出して見た。

　簡単に彩色された素描だった。

　描かれているのは公園の風景だ。前方には通路と芝生《しばふ》。後方には濃い緑。その緑を背景にして一台の車が通路の奥に止まっている。屋台の車だ。

　その中で、人が作業している様子が描かれている。屋台の庇《ひさし》が伸びているのと、うつむきがちなので、顔ははっきり描かれていない。

　それでも子どもだということはわかる。

　子どもが下を向いているのは、手元で何か作業をしているからだ。

「決してお世辞ではない感想ですけど……」

　シェラは慎重《しんちょう》に、同時に不思議そうに尋ねた。

「とてもお上手に描けていると思います。これでも画家にはなれないんですか？」

　教授は寂《さび》しげに微笑して首を振った。

「上手《うま》い絵と売れる絵は必ずしも同列とは限らない。上手に描けているだけでは買い手がつかない場合もある。むしろ、そういう例のほうが多いかもしれん。売れるためには、ある種の才能が必要なのだ」

「顧客《こきゃく》の人たちの気に入る絵を描く才能ですか？」

　ずばりと言ってのける銀の天使に、教授は笑いを洩らした。

「否定はできんな。絵画の世界にも流行《はやり》があるのだ。その時代の人々が何を欲しているのか、好ましいと思うものが何なのか——意識してでも無意識にでも——いち早く見抜いて、大衆の好みに沿ったものを描けるのは立派な才能と言えるが、そんな流行《もの》には左右されない画家もいる。——世俗を超えた何かを持っている本物の画家たちだ」

シェラがあくまで澄んだ眼差しで質問する。

「何かとは、何でしょう？」

「難しい問題だな。才能と一口で言ってしまうのは簡単だが……」

リィが問題を整理するように、また、口ごもってしまった教授を手助けするかのように尋ねた。

「世間に受けるのとは違う才能なんだよね？」

「そうだ」

重い頷きだった。

金銀黒天使は黙って教授を見守った。

「わたしはきみたちより長く生きている分、一世を風靡《ふうび》した画家が忘れられていくのを何度も見てきた。時代の変化と共に、以前は得ていた高い評価を得られなくなる、『あの画風はもう古い』と顧《かえり》みられなくなってしまう、そうしたことが実際にあるのだ。反面、どれだけ時代が変化しても、人々の好みが百八十度変わっても微塵《みじん》も評価の揺《ゆ》るがぬ画家もいる。この両者の違いは何なのか……」

教授の眼はどこか遠くを見つめていた。

過去の自分を見ていたのかもしれなかった。

「わたしは、己の作品に魂《たましい》を込められるか否《いな》かだと思っている」

「…………」

「常に渾身《こんしん》の力を振り絞った。魂を込めようとした。しかし、どんなに心血を注《そそ》いでも、必死に描いても、わたしにはどうしても——絵に魂を注ぎ込むことができなかった」

「…………」

「なまじそこそこのものは描けるだけに——自分に

才能がないことを認めるのは容易《ようい》ではなかったが、事実は事実だ。覆《くつがえ》しようがない。二十代のほとんどを無駄《むだ》にしたが、最後は観念して筆を置いた」

「無駄ではないですよ」

ルウは教授を見て、静かな口調で言った。

「どんなことにも、無駄な時間なんかありません。教授が青春のすべてを絵を描くことに捧げたのなら、それはあなたにとって必要な時間だったんです」

現在は教育者として、ドミニク研究の権威《けんい》として、確固たる地位を築いた人は、驚きに眼を見張って、ルウを見た。

スタイン教授が自らの過去にいささか複雑な苦い思いを抱いていたのは間違いない。

それは才能がなかった己に対してか。

それとも、己に才能がないことを見抜けなかった若さに対してか――。

青年の青い眼は優しく教授を見つめている。

その昔の上に今のあなたがあるのだというように。


宝石のような青い視線を受けて、スタイン教授は顔をほころばせた。

いつも険《けわ》しい表情の多いこの人にしては珍しい、穏やかな笑顔だった。

「ほんものの天才は作品に入魂しようとは思わない。そもそも、入魂しようという意識すらしていない。しかし……」

店の中央に飾られた『暁の天使』を見つめながら、スタイン教授は深い口調で言った。

「あの作品を見て、魂を感じない者はない」

金銀黒天使も、三百年の時を超えて今なお輝きを放つその絵に、自然と眼をやった。

黙りこくってしまった彼らのもとに、新しい皿が運ばれてきた。

教授は画帳をしまって、四人はあらためて料理に向き合ったのである。

半分に割った大きな海老《えび》にクリームソースを掛け、チーズを振って焼きあげてある。

海老料理の定番とも言うべき古典的な料理だ。

その分、目新しさに欠けるが、香ばしく焼かれたチーズの香りが、いやが応《おう》にも食欲をそそる。

「――いい匂い！」

香りに引き寄せられるように、客は皆いそいそと料理に口をつけたのである。

「何これ！」

「美味しい！」

あちこちから驚きの声と、歓声があがった。

目新しさに欠けるなど、とんでもない。定番でありながら、それを一段も二段も超えた美味しさに、誰もが夢中になって料理を食べ始めた。

作業服の一団も例外ではない。

一人が忙しく手を動かしながら言ったものだ。

「前に同じ料理を食べたけど……こんなに美味しくなかったぞ」

同じ卓の仲間はひたすら食べるのに夢中だったが、熱心に頷くことで同意を示した。

生産者の皆さんは料理のみならず、その材料をも賞賛している。

「こんなに見事な海老は滅多にないわ……！」

「ぷりっぷりだぜ！」

その中でもスパイクは料理を食べて、思わず一瞬手を止めた。それほどの大きな驚きと感動が、彼を襲ったようだった。

呆気《あっけ》にとられて、自分が捕ってきた海老を見つめ、彼は感慨無量《かんがいむりょう》の面持《おもも》ちで言ったのである。

「……母ちゃんの味だ」

「そりゃあそうさ。母ちゃんがテオに教えたんだ」

ソールは勢いよく料理を食べながら、しみじみと頷いたのである。

「――あの頃よりまた一段と美味くなってやがる。嬉しいじゃねえか」

スパイクも我に返り、再び料理を食べ始めながら、父親に盛大に文句を言ったのである。

「親父、ずるいぞ。何度もここに通ってただろう」

「だから今日は連れてきてやったじゃねえか」

喧嘩《けんか》を始める父子をよそに、ポンピドゥはしごく満足そうに言ったものだ。

「誰に釣《つ》られても、美味いものは美味い」

皆、あっという間に料理を平《たい》らげた。

皿が下げられ、海老の余韻《よいん》に浸《ひた》っているうちに、次の皿が供《きょう》された。大きな貝のステーキである。

「お、来た来た」

ソールが待ち構えていたように身を乗り出した。

この貝はソールが捕ったものらしい。

海老とは趣向《しゅこう》を変えて、素材の味わいをそのまま活かす調理をしてある。立ち昇るのは上品な出汁《だし》の香りだ。それだけで、皆、うっとりとなった。

そして一切れを口に入れて噛《か》んでみれば、濃厚な磯の香りが口内いっぱいに染み渡る。

ジャンヌもパラデューも快哉《かいさい》を叫んだ。

「まあ、まあ……！」

「初めて食べる貝だが、これは美味い！」

ミシェルも驚いて、隣の卓のソールに尋ねた。

「これも、あなたが？」

ソールが豪快《ごうかい》に笑って言う。

「おう。まだ海の中にいるみたいに、ひたひただぜ。こいつが捕れた海の水も一緒に届けてやったからな。あの海水で煮たんじゃねえか」

マヌエル一世は、ほどよい歯応《はごた》えを残しながらも、やわらかくて美味しい貝を嬉しそうに味わいながら、スパイクと似たような文句を息子に言っていた。

「一人でたびたび、こんなに美味しいものを食べていたのかね。教えてくれてもいいだろうに」

息子は困ったように笑いながら弁解した。

「連邦大学惑星《ティラ・ボーン》に父さんを連れて行くのもどうかと思ったんだよ」

「何の。こうなったからには、新装開店のお店にも行かねば。臓物《ぞうもつ》の煮込みが待っているからな」

一世は俄然《がぜん》、張り切っている。

百歳を越えている老政治家の並々ならぬ意欲に、

同席のケリーとジャスミンのほうが焦《あせ》った。

「無茶はなさらんでくださいよ、一世」

「お身体のことも考えてくれないと困ります」

「いやいや、長生きをするためにも美味しいものをいただかなくては」

「食欲旺盛《おうせい》なのはいいことですがね……」

「ご高齢の方の食べ過ぎは事故にもつながります」

大型夫婦は心配そうに言い、息子は諦めたように笑ったものだ。

「また困ったことに、ここのお料理ならいくらでも食べられますからね」

「そうとも。元気の素《もと》だよ」

次はいよいよ主菜である。

アンドリューとベスは、ここまでの料理の数々に心から感動していた。

「来てよかったわねえ……」

「ああ。こんな体験は滅多にできないよ」

どの料理も言葉では言い表せないほど素晴《すば》らしい。

二人とも眼を輝かせて、小声で話し合っていた。

「こんなに美味しい料理は初めてだ」

「ほんと。結婚記念日にまた来ましょうよ」

わくわくしながら料理を待っていたが、供された主菜の皿を見て驚いた。

アンドリューもベスも専門家である。

何の肉かは見れば一目でわかる。

しかし、これが高級料理店で出てくることはまずないはずだった。呆気にとられていたが、給仕係の説明にさらに仰天《ぎょうてん》した。

「料理長が珍しく、この料理には名前をつけました。『以前はサム・クープの、今はアンディ・クープの豚肉《ぶたにく》のステーキ』です」

耳を疑ったアンドリューだった。

ぽかんと口を開けて料理を見て、給仕係を見て、思わず言った。

「……うちの豚なんですか？」

「はい」

「うちの豚肉を……今日の主菜に？」

アンドリューが混乱するのも当然だが、給仕係は笑顔で頷いた。

「はい。お召しあがりください」

ベスも眼を丸くして、おそるおそる夫に囁いた。

「一世も二世も、うちの豚肉を食べるの……？」

アンドリューは震えあがった。

本来なら光栄と言うべきだが、実際に感じたのは激《はげ》しい動揺であり、恐怖にも似た感情である。

いや、少なくとも鬼林檎《おにりんご》と違って、これは立派な商品だから大丈夫《だいじょうぶ》――と、わけのわからない理屈で自らを納得させ、アンドリューは気を取り直して、眼の前の皿に集中した。

「と、とにかく食べようか……」

「そ、そうよね。冷めちゃうもの……」

二人は一種の現実逃避で、自分たちで育てた豚の肉を急いで口にした。途端、何かに打たれたように、愕然《がくぜん》として手を止めた。


アンドリューもベスも完全に硬直している。

コップに水を注《つ》ぎ足《た》すために近づいた給仕係に、アンドリューは困惑しながら、もう一度同じことを尋ねたのである。

「これ……本当にうちの豚ですか？」

「はい」

彼の心境を表すかのように、店内のあちこちで、今まで以上のどよめきがあがっている。

「こ、これが……豚⁉」

「信じられん！」

「豚肉がこれほど美味いとは！」

マヌエル一世と二世は満面に笑みを浮かべながら、納得して頷き合っている。

「あんなに美味しいものを食べている豚ですからな。美味しくなるのは当然です」

「どんな高級牛肉にも負けない味ですよ」

その賞賛の声を耳にしながら、料理を見下ろして、アンドリューはまだ呆然《ぼうぜん》としていた。

「これが……?」

ベスは大きく胸を波打たせて夫を見た。

「うちの豚って、こんなに美味しかったの……!」

アンドリューも顔を輝かせて妻を見た。

「ああ、美味い……本当に美味しいよ!」

二人は息を吹き返し、夢中で料理を食べ始めた。

他の客も同様である。

「たまげたぜ。こんな豚肉があるとはよう!」

ソールの感想はお客一同の感想でもあった。

作業服の一団は歓声をあげる他の客とは裏腹に、何も言葉がない。ひたすら黙々と料理を食べている。

これは恐らく今までテオドールの料理を口にしたことがあるか否かの差だろう。

彼らにはまさしく初めて味わう衝撃だったのだ。

無言ながら、どの顔も今まで経験したことのない喜びと幸福感に輝いている。

さらに、この驚異の豚肉に単に感激《かんげき》するだけでは終わらなかった客もいる。

料理人のザックは、じっくりと肉を味わいながら低く唸ったのだ。

「……生産者さんに直《じか》に話をつけねえとな」

同じく本職のチャールズがたしなめる。

「口調が怖《こわ》いですよ。ヴィッキー親方が言うように、それでは反社会勢力の人です。――とはいえ」

『ミヨン』のオーナーシェフは凄《すご》みの籠《こも》った声で断言した。

「あのホットドッグのソーセージも、この豚肉です。逃《のが》すわけにはいきませんね」

「どっちが怖《こえ》えんだよ」

シティでも五本の指に数えられる料理長二人も、この豚肉に最高の評価を下したのだ。

形破りのステーキを食べ終える頃には、どの客もすっかり満足していた。

そしてデザートである。

最初の一品はカスタードプディングだった。

卵と牛乳と砂糖だけでつくる、カラメルソースをかけた菓子である。高級料理店で出される時は形も盛り付けも華麗《かれい》な体裁《ていさい》になっているものだが、今は小さな器《うつわ》に円錐台《えんすいだい》のプディングだけが盛られていて、見るからに子どもが大好きなおやつである。

だが、大人たちは皆、真顔でスプーンを取った。

ここまでの料理の出来映えからもわかることだ。

テオドールが出してくるものが、単なる子どものおやつであるわけがない。

なめらかなプディングをすくって口に入れると、人々の間に静かな驚きが広がった。

あちこちで、驚嘆の祈りにも似た声が洩れる。

パラデューがアガサに笑いかける。

「あなたの卵ですね？」

アガサが頷き、微笑しながらも、ため息をついた。

「うちでも、よくプディングはつくるんですけど、どうすればこんなに美味しくなるのやら……」

甘《あま》いものの苦手なリィでさえ、一口食べてみて、

「美味いよなあ……」

と不思議がっている。

「何でだろう？　砂糖の類《たぐい》を無理に食べると具合が悪くなるのに……美味しいんだよなあ」

同じくプディングに舌鼓を打ちながら、スタイン教授が珍しく冗談を言った。

「変わった体質だな」

シェラがため息をつく。

「この人に甘いものを食べさせるのは至難の業です。そんな離れ業を……」

ルウが苦笑しながら締めくくる。

「テオドールさんは難なくやってのける」

「これこそお手本です。わたしも、まだまだ修業が足りません」

リィがちょっと焦って言った。

「そんな修業はしなくていいからな」

ほとんどの客にとって信じられないほど美味しいカスタードプディングだったのは間違いない。

作業服の一団も小さなスプーンを慎重に使って、

カラメルソースまで残らず平らげた。

　感動さめやらぬうちに鬼林檎のパイが登場する。

　パラデューもジャンヌも、アガサもジェイソンも、ミシェルもこれを食べるのは初めてだ。

　揃《そろ》って快哉を叫んだ。

「なんと……！」

「こ、これもお義兄さんが……!?」

「林檎なの、本当に？」

「こんなアップルパイは初めて食うぜ！」

「いや、これ、林檎じゃないでしょう！」

　漁師《りょうし》の親子もポンピドゥも眼を剥《む》いている。

「うっ！　うっめえ！」

「こりゃあ、すげえや……！」

「いったいどこの林檎だ？　見当もつかん……」

　アンドリューはパイを食べて呆然としていた。

　ベスはあまりの美味しさに笑みが絶えなかったが、夫が涙ぐんでいることに気づいて、びっくりした。

　いくら美味しくても、泣くほどではないだろうと思ったのだ。

「……アンディ？」

「……この味、知ってる」

「えっ？」

　顔を輝かせてアップルパイを食べながら、ベスの夫は泣き笑いのような表情を浮かべている。

「ずっと昔、食べたことがある。——知らなかった。うちの鬼林檎だったんだ」

「でも、あれは食べられないでしょう？」

「そうだよ。食用にはならない。試しに煮たこともあるけど、どうやっても駄目だったのに……」

　アンドリューは目元を拭って、妻に笑いかけた。

「こんなに美味しかったんだ」

　ベスも笑顔で頷いた。

「——うちでこれがつくれたら最高だけど、たぶん、無理よね」

「無理だと思う。だから親父も『テオが豚と林檎を欲しがったら』って言い残したんだ」

デザートが終わると、お客は皆、幸せな心持ちに、うっとりと酔《よ》ったのである。

後は珈琲《コーヒー》と小菓子だ。

給仕係がそれぞれの卓に珈琲茶碗《ちゃわん》を運び始める。

ここでリィとシェラが立ち上がった。

「それじゃあ、ちょっと行ってくる」

二人が厨房《ちゅうぼう》に入ると同時に照明が少し落とされ、店内が薄暗くなる。そんな中、ゆっくりとワゴンを押しながら、リィが厨房から出てきた。

シェラも後ろに続いている。

ワゴンの上には三日月形の器が載せられていた。内側からほんのりと光を放っているので、硝子《ガラス》の模様も色合いも、くっきりと浮かび上がっている。

黒っぽく見える器だが、こうして中から照らすと、虹色に輝いて実に美しい。

大型夫婦とスタイン教授が予想したとおり、この慰労会《いろうかい》が始まる前、テオドールが『手洗い』した『菓子入れ』を見た給仕係一同は震えあがった。

全員が全員、尻込みして首を振った。

「無理！　絶対無理！」

「触れないって！」

彼らにとってはこれこそが爆弾だ。ややもすると、厨房から逃げ出しかねない勢いだった。

一人が器を遠巻きにしながら、おそるおそる言う。

「……これ、値段は十億って代物《しろもの》だろう？」

その場にいたルウはあっさり否定した。

「たぶん、もっと高かったと思うよ」

なおさらまずい。しかも、テオドールはこの器にボンボン菓子を入れるという。

器は一つだから、お客にはその都度、器の中から菓子を取り分けて供さなくてはならない。

普通の神経でそんなことができるわけがない。

息子のヨハンが代表して、ため息をついた。

「今さら、親父のやることには驚かないけど……」

給仕には関わらない料理人たちは同情の眼差しを仲間に向けている。

熟練者《ベテラン》の初老の給仕係も、率直に心情を述べた。

「これに触るのは、できれば遠慮したい」

何かあったら、それこそ責任問題だ。

というわけで、二人にお鉢《はち》が回ってきたのである。

リィもシェラも度胸に掛けては誰にも負けない。

加えて、シェラは給仕の実力も確かである。

まずパラデューたちの卓に向かって、ゆっくりと進んできたが、ワゴンの上の器を見たパラデューは思わずのけぞった。

まさかこういう使い方をするとは思わなかった。

冷や汗が背中を伝ったが、今さら娘の夫の常軌を逸《いっ》した行動に驚いても仕方がない。

パラデューから、『革命の薔薇《ばら》』を手に入れたと聞かされていたミシェルも血相を変えている。

何も知らない女性陣は、三日月形の器を無邪気《むじゃき》に喜んで賞賛した。

「あら、まあ、変わった菓子器だこと」

「本来は花器かしら？　綺麗《きれい》ねえ」


パラデューは力なくリィに尋ねた。

「……きみたちが給仕なのか」

「うん。誰もやりたがらなくてね」

それはそうだろうと、パラデューは思った。

ミシェルははらはらしながら二人を見守っている。

止めたワゴンの上にリィが小皿を並べ、シェラが食品用の小さな掬鍬《スコップ》を使って三日月形の器の中から菓子をすくい、小皿の上にそっと落としていく。

金平糖《こんぺいとう》ほどの大きさもない。直径は五、六ミリの、ボンボン菓子には違いないが極めて小さなものだ。

色は様々で淡い水色、白、淡い桃色、薄紫など。

二人はそれぞれのお客の前に小皿を置いていき、ジェイソンがさっそく一つつまんで口に入れている。

嚙むと、かりっとするくらいには歯応えがあるが、すぐに溶けて、芳醇《ほうじゅん》な甘みと香りが口いっぱいに広がるので、ジェイソンはその味わいを楽しんだ。

「ほう、こいつは美味い。結構、酒が利いてるな」

ジャンヌも色の違う粒《つぶ》を味わって、眼を見張り、嬉しそうに言ったものだ。

「これは赤葡萄酒《あかぶどうしゅ》だわ。——色ごとに味が違います。さすがはお義兄さん。手が込んでいますね」

アガサは三日月形の器に興味を持ったようだ。

「どうやって光らせているのかしら？」

身を乗り出して、上から覗いて見ると、器の中にもう一つ小さな円筒形の容器が納められている。

その中にボンボン菓子が山盛りに詰まっていて、円筒形の器の外側に極小の発光体がいくつか置かれ、内側から三日月を光らせているのだ。

リィの動かす三日月形の器は、まるで夜の湖面に浮かぶ船のようになめらかに暗い店内を進んでいき、他の客にも順番にボンボン菓子を供していった。

美しい光景だったが、モリス副館長は、淡い光を放ちながら自分たちの卓に近づいてくる器の正体に気づいた時、椅子から転げ落ちそうになった。

もちろんブライト館長もだ。

危うく絶叫するところだったが、その前にリィが素早く二人を制したのである。

「騒がない、騒がない」

驚愕したのはウォレスも同様だ。

専門の学芸員でなければ触れることも許されない貴重な芸術作品が、よりにもよって、菓子器として料理用のワゴンに乗せられ、年端《としは》もいかない少年が楽しげに押している。

何が起きているのかと眼を疑い、彼らしくもなく、ひどく強《こわ》ばった声で問《と》い質《ただ》した。

「いったい……何をしている？」

「お給仕だよ」

リィは皿を並べながら、あっさり説明した。

「この入れ物、昔の有名な器なんだって？　テオが気に入って菓子入れにしたんだってさ」

『するな！』とブライト館長とモリス副館長の心の声が見事に揃った瞬間だった。

もう一人の少年は食品用の銀製の掬鍬を『革命の薔薇』に突っ込んでいる。

館長も副館長も、再度、悲鳴をあげそうになった。

普通なら、掬鍬が軽く触れた程度では硝子の器に傷がつくことはない。

しかし、なんと言っても二百年前の骨董品《こっとうひん》である。

慣れた手つきではあるが、子どものすることだ。

万が一にも、この掬鍬が器を傷つけたらと思うと、二人とも居ても立っても居られなかった。

その恐怖の表情を見て取ったのだろう。

シェラは優雅に微笑《ほほえ》んで言ったものだ。

「ご心配なく。そんなへまは致しません」

その言葉どおり、らくらくと優雅に救鍬を使い、『革命の薔薇』の中から、可愛らしい小さな菓子をすくい取っていく。

ウォレスも絶望的な表情で天を仰《あお》いだ。

これはない。何やらものすごく罰当たりなことをしている気がしていたたまれない。

美術館関係者二人は完全に震えあがっている。

副館長がすがるような眼で上司を見た。

「……助けてください、館長！」

「……それはわたしの台詞《せりふ》だよ！」

菓子を取り分けながら、シェラが微笑する。

「ですけど、綺麗でしょう？」

美術を愛する三人は虚《きょ》を突かれてシェラを見た。

リィは（恐ろしいことに！）大胆《だいたん》にも器を両手で摑《つか》んで位置を少し変え、三人から三日月形の全体がよく見えるようにしてくれた。

「中身ともよく合ってると思うよ。テオは入れ物に合わせてお菓子をつくったのかもしれないな」

内側から照らされて『革命の薔薇』がほんのりと明るく輝いている。

重厚なはずの美術品が、今は見る人の心に優しく染み入る光を放っている。

そこから光の粒のような菓子が転がり出てくる。

モリス副館長は『革命の薔薇』とボンボン菓子を交互に見つめ、呆然と呟《つぶや》いた。

「……きれい、ですね」

ブライト館長もため息をつきながら頷いた。

「ああ、そうだな。美しい……」

それは誰にも否定できない。

ウォレスは諦めの境地に達していた。

『革命の薔薇』に盛られた菓子を味わえるとは、これほど貴重な経験は恐らく二度とできますまい。

——心していただきましょう」

シェラが笑って言った。

「はい。どうぞ、お召しあがりください」

菓子を配り終えたリィは、ワゴンを押して厨房に戻った。

普通の順序なら、料理はこれですべて終わりだが、今日は最後に香草茶《ハーブティー》を出すことになっている。

厨房ではその準備が進んでいた。照明も元に戻すところだったが、リィは彼らに待ったをかけた。

「それはもう少し後。今出しても冷めるから」

「は？」

給仕係一同、ぽかんとなった。


一方、シェラは薄暗がりの中を機敏《きびん》に動き回った。

絵の前の空間に丸い敷物を敷き、その上に小さなクッションを置いている。

ルウが黒い一枚布《いちまいぬの》を身体に纏《まと》って立ち上がった。

あらかじめ傍《かたわ》らに用意していたものだった。

いつの間にか裸足《はだし》になっている。

束《たば》ねていた髪《かみ》を解《と》き、やはり事前に用意していた竪琴《たてごと》を手に、ルウは絵の前まで進み出た。

「皆さん、『シティのテオドール・ダナー』最後の夜にお集まりいただき、ありがとうございます」

全員の視線が声のしたほうに集中する。

同時に照明の一部が変わった。

ほのかな光が『暁の天使』と青年の姿を照らし、暗い店内に浮かび上がらせている。

ルウは足を組んで、クッションに腰を下ろした。

椅子にしなかったのは、自分の頭が邪魔をして、背後の絵が見えなくなることを避けるためだ。

「皆さんのおかげで、テオドール・ダナーの秘密のレストランも、こうして無事に最終日を迎えました。

――そのお祝いに、歌を聴いてください。この絵を描いた人が好きだった歌です」

客席がちょっとざわついた。

「歌うって？」

真っ先に反応したのはケリーとジャスミンである。

二人とも顔を輝かせて、身体の向きを変えた。

ルウを正面から見る姿勢になったのだ。

給仕係も若手の料理人も何が起きたのかわからず、困惑している。

ヨハンもカトリンも驚いて顔を見合わせた。

「ラヴィーさん、歌えるのか？」

「知らなかった……」

さらに、リィは厨房の主《ぬし》に作業をやめさせた。

「テオ。いったん休憩《きゅうけい》だよ。ルーファが歌うんだ。

――他のみんなもこっちに来て」

テオドールは後片付けをしていた。だからなのか、素直に手を止めて、厨房の入口までやってきた。

若手の料理人たちも怪訝《けげん》な顔ながら後に続く。

給仕係一同はいつものように、店側から見えない入口の陰に身を潜《ひそ》めていたが、テオドールも若手の料理人たちもそこに加わった。

彼らの眼の前に、店内と厨房を仕切る壁がある。

その向こうのクッションに座ったルウは、慣れた手つきで竪琴を一つ鳴らした。

「惑星グェンダルの地方に古くから伝わる民謡です。お聞きください。『我が麗《うるわ》しのコターニュ』」

前奏が奏《かな》でられる。牧歌的な明るい曲調だ。

続いて歌声が響き渡った。

太陽が戻って来た、風が光る
野原に一面の緑が芽吹き、小鳥が囀《さえず》る
子馬がいっせいに駈け出して行く
おお、コターニュ、春を謳おう
美しき我がふるさと

店内がしんと静まり返った。

歓声すらあがらないのは、その声が人々の度肝《どぎも》を抜いてしまったからだ。

作業服の一団でさえ例外ではない。

ボンボン菓子をつまんで口に入れようとしていた一人の手から菓子が転がり落ちた。

珈琲を飲もうとしていた一人は呆気にとられて、無意識に茶器を置いた。

この世のものとは思えない美しい歌声に、誰もが己の耳を疑い、息を呑《の》んでいる。

壁の裏側にいる給仕係も料理人たちも、絶句して立《た》ち尽《つ》くした。

ここは厨房のはずなのに、照明を落とした建物の中なのに、眼の前に明るい野原が開けて見える。

楽しげに舞う小鳥の囀り、軽やかな馬の蹄《ひづめ》の音が聞こえてくる。

緑の匂いさえ漂《ただよ》ってくるようだった。

ルウの歌の力を知っているケリーとジャスミンは、あらためて舌を巻いていた。

決して声を張りあげて歌っているわけではない。

それなのに店内の隅々にまで、声の素晴らしさが朗々《ろうろう》と響き渡る。

小川がきらめき、魚がはねる
青い空に陽が輝き、風車が回る
波打ち、揺れる、黄金色の麦畑
おお、コターニュ、夏を生きよう
懐《なつ》かしき我がふるさと

緑の野原が一面の小麦畑に変わるのを、ケリーもジャスミンもはっきり見た。

郷愁《きょうしゅう》を誘う、美しい風景だった。

スタイン教授も他の人々と同様、うっとりと歌に聴き入っていた。

あの青年がこれほど歌えるとは知らなかった。

今日は味覚と視覚、それに嗅覚《きゅうかく》でも最高のもの教授に話しかけた。

「やあ、ガーディ」

を知ったが、聴覚でも至高の芸術を味わっている。

ドミニクの研究を生涯の主題としている教授はこれまで何度も惑星グェンダルに赴《おもむ》き、ドミニクの故郷のコターニュにも行ったことがある。

グェンダルは農業国として有名な惑星だ。

金色の大海原のような小麦畑や、力強く回る風車、小川のせせらぎを見て、同じこの景色をドミニクも見ていたのだろうかと感慨にふけったこともある。

視線を感じて、教授は顔をあげた。

ルウが座っていた場所に別の人が座っていた。

五十年配に見える人だった。

もじゃもじゃの灰色の髪、子どものように輝く瞳《ひとみ》、楽しげな笑顔。季節外れの黒いセーターを着ている。

初めて会う人だった。

何度も写真で見たことのある顔だった。

三百年前に亡くなった画家、ドール・ドミニク・アンリコの写真は現在も何枚も残っている。

その人は本当に嬉しそうな顔で、張りのある声で

# 19

ゲルハルト・スタイン教授は動けなかった。

少年時代の渾名《あだな》で呼ばれたことも、なぜこの人がそれを知っているのかも、そもそも、なぜこの人がここにいるのかも理解できなかった。

スタイン教授は超自然的な現象は信じない。

死後の世界にも興味はない。

そんな教授の乏《とぼ》しい知識でも、幽霊というものの定義はわかっているつもりだった。向こうが透けて見える姿であるとか、目鼻立ちがぼやけているとか、もっとおどろおどろした雰囲気のものであるとかだ。

まるで生きている人のように肉感的で、にこにこ笑いながら、はっきりしゃべる幽霊もいるのだなと、妙に冷静な感想を抱く。

何より今夜は食の芸術とも言うべき至高《しこう》の料理を味わい、天上世界の歌声に身を委《ゆだ》ねている。

こんな特別な夜には何か不思議なことが起きても、おかしくない。

本当にそこに居るとしか思えない画家の幽霊は、親しげに教授に笑いかけてきた。

「初めてあの絵を見た時、きみは三時間も絵の前に立っていたね」

「……動けなかったのです」

スタイン教授は深い息を吐いた。

「わたしは十歳でした。あの絵の世界にどこまでも没入して、戻れないような気すらしました」

幼かったガーディ少年は、あの漆黒《しっこく》の髪《かみ》に無限の宇宙を見た。

太陽は力強く燃え、月は冴《さ》え冴《ざ》えと冷たく輝き、黒い銀河が渦《うず》を巻いて、眼をそらせなかった。

「うん。お母さんに怒《おこ》られても動かなかったよね」

教授は小さく笑った。

いつまで同じ絵を見ているの——と呆《あき》れたように母親に叱《しか》られた遠い日を思い出す。

二人の間に、青年の爪弾《つまび》く間奏が流れている。

軽快に弦を弾きながら、ルウは教授のほうを見て、ちょっと会釈《えしゃく》してみせた。

教授に対する会釈でないのは明らかだった。

黒いセーターの人が青年に手を振ってみせる。

それを見て、教授は無意識に口を開いた。

「……あの天使は、あの青年ですか？」

「そうだよ」

画家の幽霊は笑顔で頷《うなず》いた。

「いきなり人の家の中に——窓も扉も全部閉まっていたのに、現れて言う台詞《せりふ》が『ここはどこ？』だよ。突っ込みどころ満載だよね！　他にまず言うことがあるだろうって思わないかい？」

「……あなたはなんと答えたのです？」

「ぼくの家だって言ったよ。事実、ぼくの家なんだ。あの人が何者なのか、どこから来たのか、ぼくにはわからなかったけど、一つだけははっきりわかったよ。この人はこの世のものではないんだって」

あなたもです。

と、指摘すべきか否《いな》か、教授は迷った。

また無意識に言った。

「……あの素描《そびょう》には驚きました」

すると、画家はいたずらっぽく笑ってみせた。

「内緒にしていたからね。ぼくの宝物だったんだ。あの絵はあの人のために描いたけど、素描は自分のために描いたんだよ。時々、一人でこっそり眺《なが》めて、思い出してたんだ」

「……それを、ヴィルジニー・ブーケに譲った？」

「彼女、余命宣告されたんだよ」

教授は驚いて画家の幽霊を見た。

三十年以上、彼の家政婦を務めた女性の名前は、ドミニクの研究家なら誰もが知っているが、これは初めて聞く事実だった。

間奏が終わり、再び青年の歌声が心に響く。

豊かな実りに感謝を捧げ、
杯を傾《かたむ》けよう。高らかに歌い、踊ろう
今、婚礼の鐘《かね》が鳴る
おお、コターニュ、秋を祝おう
芳《かぐわ》しき我がふるさと

教授の眼の前に突如《とつじょ》として見知らぬ部屋の景色が広がった。

「先生がお墓に入るまで、あたしがお世話しようと思ってたんですけどね」

白髪《はくはつ》をきちんとまとめた、いかにもしっかりした様子の老婦人が、さばさばした口調で言う。

「あたしのほうが先にお墓に入ることになりました。すみませんね。お暇《ひま》をいただきます」

おそらくは自分の声が『どこへ行くんだい？』と尋《たず》ね、老婦人はあっさりと言った。

「娘の夫が、世話してくれると言ってくれましてね。そこで死なせてもらいますよ」

また自分の声が、『これをあげる。お守りだ』と言い、あのパネルを差し出した。

「あらまあ、ありがとうございます。あら、先生、わざわざ一筆入れてくれたんですか」

老婦人はパネルの裏を見て驚いたようだったが、楽しげに笑っている。

「おやまあ、ずいぶん勿体《もったい》をつけた文句ですねえ。気取っちゃって」

からかうような口調だった。

雇《やと》い主《ぬし》に対する言葉遣《づか》いではないが、この二人はそれくらい打ち解けた間柄《あいだがら》だったのだろう。

自分の声も気分を害した様子もなく笑っている。

『ぼくももういい年なんだ。ちょっとくらい体裁《ていさい》を整えさせてくれよ。さすがに「今までありがとう。ご機嫌よう」じゃあ格好がつかないよ』

「そっちのほうが先生らしいですけどね」

容赦《ようしゃ》なく言って、老婦人は本当に嬉《うれ》しそうに笑い、パネルを抱きしめた。

「大事にしますよ。これこそ冥土《めいど》の土産《みやげ》ですね」

どうしてこんなものが見えるのかと思った時には、景色も老婦人も消えている。

「半年と宣告された彼女はそれから一年、娘夫婦と孫たちに囲まれて過ごしたそうだよ。ジニーが亡くなった後、娘さんが連絡をくれたんだ。母はとても安らかだったと」

教授は不思議と穏やかな気持ちで言った。

「……それがあなたの絵の力です」

「娘さんから、あの素描を返すと言われたんだけど、断ったんだ。ジニーの傍《そば》にいてほしくてね。ぼくがいなくなっても、ぼくの絵は残る。――今こうして、あの人のところに来てくれて嬉しいよ」

画家は竪琴《たてごと》を爪弾く青年を熱心に見つめている。

教授はその画家を見つめ、青年とその後ろの絵に視線を転じると、ため息のような言葉を洩《も》らした。

「……わたしは、かなうものなら、あなたのようになりたかった」

「…………」

「……残念です。どんなに望んでも、神はわたしに魂《たましい》を描く術《すべ》を与えてはくださらなかった……」

「代わりに魂を見抜く眼をくれたよ」

驚いて振り返る。

そこにはもう誰もいなかった。

ただ青年の歌声だけが煌《きら》びやかに響く。

雪灯籠《ゆきどうろう》に灯《あか》りが点《とも》る
凍《い》てつく夜空に星がきらめく
暖炉を囲む家族の笑顔
おお、コターニュ、冬を愛そう
類《たぐい》なき我がふるさと

演奏の最後の音が余韻《よいん》を残して空気に溶ける。

店内が徐々に明るくなり、ルウは立ち上がって、軽く一礼した。

聴衆はまだ身動きもできなかったが、我に返ると
いっせいに立ち上がり、感動の眼差しと惜しみない
拍手《はくしゅ》を送ったのである。
スタイン教授も拍手しようとして、手が止まった。
鞄《かばん》にしまったはずの画帳がなぜか開かれて、卓《テーブル》
に置かれている。
そこに見覚えのない素描が描かれている。
竪琴を持って歌っている青年を描いたものだ。
鉛筆ではなく、インクで描かれている。まだ乾き
切っていないインクで署名《しょめい》も入っていた。

**太陽と月に贈る。ドミニク**

この画帳は教授の私物で、さっきまで間違いなく
白紙だった。傍に転がった万年筆は教授の愛用品で、
インクはその万年筆のものだ。
つまり、これを描いたのが教授の手であることは
疑いようがない。

しかし、描いたのは教授ではないのである。
呼吸をすることも忘れて、食い入るように素描に
見入っていると、ルウが戻って来た。
自分を描いた絵を見て微笑すると、ちょっと心配
そうに尋ねてくる。
「——身体は何ともありません？」
首を振ろうとして、教授は異変に気づいた。
身体がひどくだるい。手足に力が入らないのだ。
「でしょうね。あの短時間にこれだけ描いたんです。
相当、力《エネルギー》を使ったはずですよ」
たった今描かれた素描を、穴の開くほど見つめて、
教授は呻《うめ》くように言った。
「この線……」
人物を描いた線を、震える指でなぞる。
初めて『暁の天使』を見た時からどれだけ憧《あこが》れ、
どれだけ焦《こ》がれたかわからない線。
自分の技倆《ぎりょう》では到底、到達できなかった。
この線の一本でも描《えが》けたらと何度思ったことか。

リィとシェラが珈琲《コーヒー》の盆《ぼん》とボンボン菓子を入れた小皿を持って戻って来た。

席に座って、これから食べるつもりなのだろうが、血の気を失っている教授に、二人とも驚いたらしい。

気遣わしげに様子を窺《うかが》ったが、画帳の素描を見て、たちまち事態を悟ったようだった。

「……無茶するなあ」

「教授、大丈夫《だいじょうぶ》ですか？」

「……大丈夫に見えるかね？」

大きく深呼吸して、教授は青い顔で首を振った。

「よもや……一日のうちに、二度も心臓《しんぞう》が止まりかけるとは思わなかったぞ。今生きているかどうかも自信がない」

「それだけ言えれば大丈夫。ちゃんと生きてるよ」

「でも、何か気付けのお酒が必要だね」

「お持ちします」

シェラが急いで厨房《ちゅうぼう》に向かい、蒸留酒《じょうりゅうしゅ》を持って戻って来た。

一口味わって、いささか気力を取り戻した教授は、ため息をついて、画帳をリィに差し出した。

「この素描、もらってくれるかな？」

「くれるんならもらうけど……」

リィは不思議そうに言ったものだ。

「教授が描いたんだから、これは教授のものだよ。持ってたほうがいいんじゃない？」

「……わたしの手元にだけは置いておけん」

ルウもリィもシェラも不思議そうな顔になる。

「自分で言うのも何だが、わたしはドミニク研究の第一人者として知られているのでな。これを誰かに見られたら——贋作《がんさく》を所持していると疑われるのは避けられん。見る者が見ればドミニクの魂が宿っているのは明らかだが、現代の紙とインクで描かれている以上、贋作と判断するしかない」

ルウがおもむろに頷いた。

「当然でしょうね」

「そんな危険は冒《おか》せない。一つ間違えば、わたしが贋作を描いたと疑われる事態になりかねん」

少年たちは顔を見合わせて頷き合った。

「疑うも何も、描いたのは教授だもんな」

「画帳には教授の指紋だけが残っていますものね」

「だからこそまずいのだ。——何より、太陽と月に贈るとある」

「じゃあ、シェラにも権利は半分だ」

「とんでもない。遠慮しますよ」

シェラは震えあがり、ルウは楽しげに笑った。

「それでわざわざ署名したのかもしれないね」

リィが尋ねる。

「どういう意味?」

「もしこの素描が何かの弾《はず》みで世の中に出て、その時に署名がなかったら、『ドミニクの再来!』って世間が騒ぐのは目に見えてるもん」

リィは真面目に言った。

「再来も何も、本人なのに?」

「幽霊が描きましたとは言えないでしょ」

そもそも幽霊は絵を描かない——という常識的な意見はここでは無視される運命にあった。

最後に香草茶《ハーブティー》が振る舞われた。

ルウとシェラは他の客に遅れる形で色とりどりのボンボン菓子と珈琲を楽しんだ。

リィも一粒《ひとつぶ》だけ試してみたが、口に合わなかったらしい。顔をしかめて、自分の分の小皿を相棒たちに譲った。

「……駄目《だめ》だ。悪酔《わるよ》いしそう」

この時、意外なことが起きた。

テオドールが厨房から姿を見せたのだ。

客席を見渡して、まずアンドリューとベスが座る卓に向かった。それを見たリィが素早《すばや》く立ち上がり、そっと近づいていった。

アンドリューは、自分の傍で無言で立ち止まったテオドールを見上げて、熱心に言ったのである。

「子どもの頃、あのパイを食べたことがあります」

「…………」

「あんなに美味《おい》しいものはないと、いったいどこの高級店で買ったのだろうと、ずっと思っていました。まさか、うちの鬼林檎《おにりんご》だったなんて……」

「……サムん家《ち》に行った時につくったんだ。サムは食えねえって言ったけどな」

ぼそっと言って、テオドールは唐突《とうとつ》に尋ねた。

「向こうまで送れるか？」

「えっ？」

アンドリューは面食らった。この質問の意図を、彼に汲《く》み取《と》れというのは酷《こく》である。

すかさず、近くに待機していたリィが通訳した。

「豚肉《ぶたにく》と林檎を連邦大学まで送ってくれないかって言ってるみたいだよ」

突然現れた天使のような美少年に驚きながらも、アンドリューは考えて、答えた。

「国外発送はやったことないけど、できなくはない。問題は費用だな。かなり掛かるよ」

「それはこっちで負担するから気にしなくて大丈夫。後で住所教えてよ」

ベスがおずおずと言い出した。

「あの、料理長。鬼林檎を家で煮るのは、やっぱり無理でしょうか？」

テオドールは少し首を傾《かし》げ、怪訝《けげん》そうに言った。

「俺は仕事だから、手間暇掛けてもしょうがねえが、あんたの仕事は豚を育てることだろう」

わかりにくい言葉を、やはりリィが通訳する。

「不可能じゃあないけど、素人《しろうと》の奥さんがやるのはものすごく難しいってことかな。手間暇を掛けても割に合わないんだよ。——それくらいなら、ここの菓子職人さんにつくり方を教えておいたから、また食べに来たらどう？」

台詞を代弁してくれたリィにテオドールは小さく頷いてみせ、アンドリューに声をかけた。

「いい豚だ。サムの頃と変わらねえ」

アンドリューも嬉しそうに笑って首を振った。

「特に何もしていません。うちの豚が美味しいのは家の土地と鬼林檎のおかげです」

テオドールも首を振って、もう一度言った。

「いい豚だ」

テオドールが離れるのと入れ替わりに、ザックとチャールズがアンドリューの卓に近寄った。

「初めまして。ザック・ラドフォードです」

「チャールズ・シンクレアです。うちの店で、ぜひ、あなたの豚肉を使わせてもらえないでしょうか」

なりふり構わず営業を掛けている。

アンドリューも席を立ち、新たな顧客《こきゃく》との交渉に入っている。

テオドールはソールとスパイク、ポンピドゥにも短い言葉をかけた。

彼らには送ってくれとは頼まない。

アンドリューと違って、ソールもポンピドゥも、既に引退した身だからかも知れなかった。

ポンピドゥには、

「昔より、美味《うま》くなってるな」

と真顔で言い、ソールには短い言葉を贈った。

「いい魚だった」

「あたぼうよ。来年また上物が捕れたら持ってってやるからよ。また食わせろや」

「……向こうまで、魚を背負《しょ》ってくるのか」

「いいじゃねえか。一日二日おいたほうが美味い魚もあらあな」

ソールは豪快《ごうかい》に笑って、ポンピドゥも考えながら言ったものだ。

「野菜は背負っていけないが、冬になったら、畑は一休みだからな。女房と一緒に顔を出すか」

テオドールは昔なじみに頷いて見せた。

「食いに来てくれ。向こうの野菜も美味いんだ」

最後に、テオドールは作業服の人たちに近づいて、礼を言った。

「今日まで、ありがとうな」

ぶっきらぼうな言葉だが、ファレルは微笑して、丁寧《ていねい》に礼を返した。

「こちらこそ、ごちそうさまでした」

　厨房へ戻っていくテオドールの背中に、客席から自然と拍手がわき起こる。

「素晴《すば》らしかった。いや、実に素晴らしかった」

「夢のようでしたわ」

　皆、今夜の料理に惜しみない賞賛の言葉を贈り、夢心地で席を立ったのである。

　ルウは店の出口で一人一人を見送った。

　漁師《りょうし》の親子とポンピドゥは、「ありがとうよ」と、嬉しそうに笑いかけ、ジャンヌとアガサはまだ感動冷めやらぬ様子でルウの歌声を賞賛した。

「この感動をどうすればあなたにお伝えできるのか、わかりませんわ。コターニュの景色が本当に見えるようでしたもの。まだ胸が弾んでいます」

「ええ、本当に。どんな歌手の独唱会《リサイタル》よりも、心を打たれました。稀代《きたい》の大歌手になれますよ」

「ありがとう。でも、歌は趣味《しゅみ》なんです」

「まあ、もったいない」

　二人は本当に残念そうな顔になった。

　ジェイソンは満足しきった様子で言ってきた。

「テオの奴に早く戻るように言ってくれ。向こうの店はもういつ戻って来てもすぐに営業できる状態だ。工事終了見届けの書類は俺が代理で署名したんだが、やっぱり肝心《かんじん》の施主《せしゅ》の署名がないと終われねえって、業者が困ってるんだよ」

　マヌエル一世と二世も感無量の面持《おもも》ちで一礼し、ルウも笑顔で頭を下げた。

「今度はぜひ、連邦大学のお店にも来てくださいね。これでもう思い残すことはない――なんていうのは駄目ですよ」

「まさに今それを実感していました。――お食事も、あなたの歌も、百余年を生きてきましたが、人生で一番の贅沢《ぜいたく》をさせていただいたと思います」

　一世は感激《かんげき》に潤《うる》む眼で言い、二世も大きく頷いた。

「息子にも、あなたの歌を聴かせてやりたいですよ。そうしたら少しは……」

「拒否反応《アレルギー》が治まる?」

ケリーとジャスミンが顔を見合わせて笑っている。

ウォレスはルウの顔をまじまじと見つめていた。

『暁の天使』をこよなく愛するウォレスには、絵の前で歌った人と絵の天使との顔立ちの相似に、何か思うところがあったに違いないが、それは口にせず、躊躇《ためら》いながら右手を差し出した。

「……握手していただけますか」

「ええ」

ルウが笑って右手を差し延《さ》《の》べる。その手を握ったウォレスは左手も添えて、両手でしっかりとルウの手を握ると、万感の思いを込めて言ったものだ。

「お会いできて、光栄でした。あなたの歌が聴けて、本当に幸せです」

黒い天使は美しい笑みを返した。

「喜んでもらえて、よかった」

作業服の一団は席を立つと、そのまますぐに絵の搬出《はんしゅつ》作業に取りかかった。

ブライト館長とモリス副館長ははらはらしながらその様子を見守っている。

これでやっと平穏《へいおん》が戻ってくると安堵《あんど》する館長に、ルウは近寄って、小さな記録媒体を差し出した。

「エレメンタルに寄付します」

「これはどうも、恐れ入ります」

館長は条件反射でそれを受け取った。

寄付には様々な形式がある。振り込みや小切手もあれば記録媒体に電子金《マネー》が納められたものもある。

これも条件反射で、館長は胸元から読み取り機を取り出した。名刺寸法の超薄型で、館長の必需品だ。

寄付額を即時に確認するのは非礼でも何でもない。むしろ必要なことなのだ。しかし、額面を確かめたブライト館長の眼は飛び出す寸前まで見開かれた。

中規模の美術館を新たに開館できる額だった。

唖然《あぜん》として相手を見る。

「変なお金じゃないですから、受け取ってください。あの絵の賃料だと思えば安いものでしょう」

「いや、ですが……」

館長はしどろもどろになっていた。こんな若者に扱える金額ではないからだ。

本当に受け取っても大丈夫なのかと案じていると、青年はさらにとんでもないことを言ってきた。

「シーモア前館長の家は、今はぼくの家なんです」

「……なんですって？」

「あの人、さすがの蒐集家《しゅうしゅうか》でしたよ。ぼくは美術は素人ですから、よくわからないんですが、価値のありそうな美術品が倉庫からざくざく出てきました。あれだけで展覧会がいくつも開けそうな感じです。──一度、鑑定《かんてい》に来てくれませんか？」

ブライト館長は仰天《ぎょうてん》し、モリス副館長はごくりと唾《つば》を飲んで、二人は深々と頭を下げたのである。

「必ず伺《うかが》います」

さらにブライト館長はおそるおそる言い出した。

「あの素描ですが、すぐにとは申しませんが、もし当館でドミニクの展覧会を企画することがあったら……その時は貸し出していただけませんか」

「出所《でどころ》を内緒にしてくれるならいいですよ」

この間に、絵を梱包《こんぽう》した作業員たちはテラスから出て行こうとしている。

ファレルは最後まで残ってルウに会釈し、ルウはそんな彼にメモを手渡した。

「これ、ぼくの連絡先です」

「………………」

「あなたたちにはとてもお世話になりましたから、次はぼくが力になります。この先、あなたの勘《かん》でも判断に迷うことがあったら、連絡してください」

ファレルはちょっと意外そうな顔になったものの、その場でメモの番号を自分の端末に登録した。

お客が皆引き上げ、絵も撤去された後、厨房ではテオドールが若手の料理人たちに言葉をかけていた。

彼なりのぶっきらぼうな挨拶《あいさつ》だった。

「明日から、ここはおまえらの店だ」

「はい！」

「牛も豚も、鹿《しか》もまだある。好きに使え」

「はい！　ありがとうございます！」

バートもジャイルズも、他の若手の料理人たちも、最敬礼した。

テオドールはまだ何か言おうとして口を開いたが、なかなか言葉が出てこない。

一同は、はらはらしながら見守っている。

二人の少年とルウは、

(頑張《がんば》れ！)

(しっかり！)

と無言のエールを送っている。

考えた末、躊躇いがちに、テオドールは言った。

「今日までの客は、あと一回は、足を運んでくれる。その客に、もう一度、来てもらえるかどうか……」

「………」

「おまえたちの腕は悪くねえんだ。しっかりやれ」

「はい！」

二人とも、今度は直立不動で返事をした。決意の漲《みなぎ》る顔をしていた。

ルウもシェラもリィも応援の意味で拍手をする。

最後なので、この場にはパラデューとジャンヌ、ミシェルがいた。もう一人、スタイン教授もだ。

教授はテオドールに用があったのである。

画帳を開いて、屋台を描いた素描の頁《ページ》を見せて、率直に申し出た。

「これを、記念にもらってくれないか」

ちらっと見て、テオドールは言った。

「……いらねえ」

すかさず横からルウが口を出す。

「何言ってるの。いるよ。いただきます」

「……駄目だ。店には飾れねえ」

「わかってるよ」

ルウは頷いた。

「これは絵が大好きで、画家になりたくて、だけど、画業で身を立てることはできなかった人の習作だ。

市場で取引されるようなものじゃない。――でもね、言い換えれば、こういうものは欲しがる人がいれば、いくらでも高値がつくんです。奥さんが、アンヌが生きていたら、一億だろうが十億だろうが関係なしにこの絵を買ったはずだよ。子どもの頃のあなたを描いた絵なんだから」

パラデューが顔色を変えた。

ジャンヌとミシェルも驚いたように素描を見た。

「これがお義兄さん？」

「子どもじゃないか。――教授、この頃からテオと知り合いだったんですか？」

それでも、テオドールは頑固に主張した。

「……そいつは、店には飾れねえんだ」

「わかってます。新しくした店には奥さんの部屋もあるでしょう。そこに飾ればいいよ」

この提案には心が揺《ゆ》らいだようで、テオドールは教授を見て頷いた。もらうという意味らしい。

まったく無愛想な男だと思いながら教授は言った。

「住所を教えてくれ。後で表装して送る」

「……何でだ？」

意味がわからない。問い返した教授だった。

「――何で、とは？」

「そんなに遠くねえんだ。飯を食いに来りゃあいいじゃねえか。ついでに持ってくればいい」

意外な提案に、教授は戸惑《とまど》いを隠《かく》せなかったが、思い直して、しっかりと頷いた。

「ああ、そうだな。そうさせてもらおう」

パラデュー父娘とミシェルは熱心に素描を鑑賞し、教授はその傍で、彼らが他の頁をめくらないように、さりげなく見張っていた。

何しろ最後の頁には青年を描いたあの素描がある。うっかり見られたら、とんでもないことになる。

その青年は素朴《そぼく》な疑問をテオドールに投げていた。

「四十何年も前で、あなたはまだ子どもだったのに、ここで再会した時、よく教授だとわかりましたね」

「……最初の客だったからな」

「えっ？」

テオドールは教授を見て、ぶっきらぼうに言った。

「俺のつくったものを美味いと言ってくれたのは、あんたが初めてだ」

だから、覚えていた。

スタイン教授は眼を見張って、破顔一笑した。

「光栄だ」

自然と、教授は手を差し出していた。

テオドールも——この男がそんなことをするのは極めて珍しいのだが、しっかりとその手を取った。

「わたしは、画家にはなれなかったが……」

教授の顔に、何とも言えない笑みが広がる。

「きみは見事に、共和宇宙一の料理人になったな」

テオドールはちょっと肩《かた》をすくめた。

「……他にできることがねえんだよ」

「きみのおかげで、食べる喜びを知ることができた。心から謝意を表する」

教授は晴れ晴れとした笑顔で礼を言った。


テオドールも珍しく、照れくさそうな表情である。

ほとんどの人が微笑《ほほえ》ましくその様子を見守ったが、パラデューだけは複雑な顔をしていた。怒っているわけではないのだが、何やらおもしろくなさそうな、苛《いら》だっているような表情なのである。

黒の天使はパラデューのその心理状態を、いともあっさりと、容赦のかけらもなく表現した。

「うわあ、パラデューさんが嫉妬《しっと》の炎でめらめらになってる」

リィが吹き出した。

その笑いは他の人たちにも自然と伝わっていき、厨房は楽しげな笑いに包まれた。

# 20

マヌエル・シルベスタン三世は一日の業務を終え、連邦主席官邸の居室に戻ろうとしていた。

この官邸は主席の業務の部分と、私生活の部分を兼ねている。子どもたちは既に独立して、ここには住んでいないが、妻の寝室もある。

執務室《しつむしつ》の外には秘書が待機する席があり、中年の女性秘書はいつものように挨拶《あいさつ》してきた。

「お疲れさまです、三世」

「ああ、ご苦労さま。きみも上がってくれ」

三世も言葉を返した。すると、終業時間を待っていたのか、通路の先から掃除《そうじ》道具一式を持った清掃係が現れた。足を止めて、軽く一礼してくる。

「お疲れさまです。閣下」

「ああ、頼むよ」

よくある日常の光景だった。

清掃係は主《あるじ》のいなくなった執務室に入っていき、三世は居住部分に戻ろうとしたものの、急に何かを思い出したように踵《きびす》を返した。

席を立とうとしていた秘書が尋《たず》ねる。

「どうされました？」

「うっかりしていた。忘れ物だ」

「でしたら、わたしが……」

「いや、いいんだ。いいから、ちょっとわかりにくいところにしまったからね。先に上がりなさい」

現連邦主席は気さくな人柄《ひとがら》で、部下に対する思いやりもある。こういうことは珍しくない。

秘書は素直《すなお》に席を離れ、主席は再び職場に戻った。

そこでは、先に入った清掃係が自分の仕事をしているはずだったが、彼は掃除はしていなかった。

室内に姿勢正しく立っていて、入口を振り返る。

彼は主席が引き返してくるのを待っていたのだ。

「ただいま戻りました」

と、ファレルは言った。

マヌエル三世は深い息を吐いて、部下を労《ねぎら》った。

「ご苦労だった」

三世を襲っていた心労はよほど深かったらしく、長椅子に座り込んで、もう一度言った。

「……本当に、ご苦労だった。――座ってくれ」

ファレルは立ったまま首を振った。

「ここで結構です」

「聞かせてくれ。何か問題は起きなかったか?」

「特に何もありません。一度、シティの監視装置に干渉した程度です」

ゲランティーノの手下を撃退した時のことだ。

「他には、今回の任務とは直接、関係ありませんが、一世と二世にお目にかかりました」

ファレルが言うと、三世はいやな顔になった。

「……出先のレストランで?」

「はい。特に二世は以前からあの店を贔屓《ひいき》にされているようでした」

「それは知っていたが、祖父までいたのか?」

「二世がお誘いになったようです」

三世の口から出てくるのはため息ばかりである。

何とか気力を取り戻して顔を上げた。

「……ともあれ、無事に終わったようで、何よりだ。三カ月もきみたちを遊ばせてしまって、すまない」

「いえ、貴重品運搬《うんぱん》の技術《スキル》を習得できました」

三世と話す時のファレルはいつも淡々としていて、無駄《むだ》なことは言わないのが常だったが、彼は珍しく、現場で感じた疑問を三世に問うたのだ。

「あの青年は何者です?」

マヌエル三世は何とも言えない顔になった。

ある程度は予想していた質問だったが、まさしく言葉に窮《きゅう》した。そわそわと落ち着きなく指を動かす。

「なぜ、そんなことを訊《き》くのかね?」

「理由はおわかりのはずです」

今度は冷や汗を掻《か》いた三世だった。

あの破壊の天使はこの部下の前で『いったい何をしたのか』訊きたくても訊けない。

部下に質問されて答えに窮するようでは上に立つ者として失格である。

ましてや共和宇宙連邦主席の資格などないのだが、今の三世は明らかに言葉選びに苦慮《くりょ》していた。

それを見て、ファレルは質問を変えた。

「あの青年から再び我々の出動要請が掛かった場合、三世はお受けになりますか」

現連邦主席は反っくり返って胸を張った。

「全力で拒否する——つもりではある」

ファレルでなかったら吹き出していただろう。

三世の顔はそのくらいの苦渋に満ちていたからだ。

表情一つ変えずに雇《やと》い主《ぬし》を見下ろして、掃除係は一礼すると、主に退出するよう促《うなが》した。

「報告は以上です。どうぞお部屋にお帰りください。奥さまがお待ちです」

「——きみは？」

「掃除をします。今の自分は清掃係ですから」

本職の清掃係から、この部屋の掃除の手順は既に教わっている。

三世が出て行った後、本職さながらにぴかぴかに磨《みが》きあげて、ファレルも執務室を後にした。

掃除道具一式を所定の場所に片付け、制服を脱ぎ、今度は事務員のような身なりになる。

通路の片隅で足を止め、ファレルは自分の端末を取り出すと、登録した青年の番号を表示させた。

一つの任務が終われば、そこで関わった民間人の連絡先に意味は無い。むしろ、関わりを断つために、即刻削除すべきと訓練で教わった。

だが、三世のあの様子を見る限り、次がないとは言い切れない。いったん情報保管庫に移して、またあらためて携帯端末に登録しなおせば済むことだが、ファレルは端末の登録を消さなかった。

微笑を浮かべ、本来の職場へ向かって歩き出した。

# あとがき

今回の作品は、一年間、読売新聞オンラインで連載していたものです。

まずお詫《わ》びです。連載中のタイトルは『カーディ少年と暁の天使』でしたが、書籍では『ガーディ少年と暁の天使』に変更になっています。

これはもう、ひとえに作者が迂闊《うかつ》なせいでして、オンラインを読んでいた読者さんを混乱させたと思います。

本当に申し訳ありませんでした。


世の中がたいへんなことになっても、少しも変わらず季節は移っていきますね。

二〇二〇年の桜を見ている時には、この非常事態も、山梔子《くちなし》や紫陽花《あじさい》が咲く頃までには一段落してくれるのではないかと淡い期待をしていました。

それが百日紅《さるすべり》が咲く頃には、金木犀《きんもくせい》が咲く頃には、雪が降る頃には――と、延《の》び延《の》びになっていき、同じ非常事態の中、二〇二一年の桜を見ています。

この先どうなるのか、来年の桜はマスクなしで見ることができるのか、わかりませんが、今年中に何とかもう一冊、本を出したいと思っています。

茅田砂胡

初出：読売新聞オンライン　二〇二〇年四月一日～二〇二一年二月十八日
「カーディ少年と暁の天使　天使たちの課外活動シリーズ」

書籍化にあたり、加筆修正をおこない、二〇二一年三月刊行の『天使たちの課外活動7
ガーディ少年と暁の天使（上）』と本書『天使たちの課外活動8　ガーディ少年と暁の天使（下）』に改題・分冊しました。

ご感想・ご意見は
下記中央公論新社住所、または
e-mail：cnovels@chuko.co.jpまで
お送りください。

C★NOVELS Fantasia

# 天使《てんし》たちの課外活動《かがいかつどう》8
## ——ガーディ少年《しょうねん》と暁《あかつき》の天使《てんし》（下《げ》）

2021年4月25日　初版発行

著　者　茅《かや》田《た》砂《すな》胡《こ》
発行者　松田陽三
発行所　中央公論新社
〒100-8152　東京都千代田区大手町1-7-1
電話　販売 03-5299-1730　編集 03-5299-1930
URL http://www.chuko.co.jp/

ＤＴＰ　ハンズ・ミケ
印　刷　三晃印刷（本文）
大熊整美堂（カバー・表紙）
製　本　小泉製本


Published by CHUOKORON-SHINSHA, INC.
Printed in Japan　ISBN978-4-12-501432-6 C0293
定価はカバーに表示してあります。落丁本・乱丁本はお手数ですが小社販売部宛お送り下さい。送料小社負担にてお取り替えいたします。

## 暁の天使たち

茅田砂胡

菫の瞳に銀の髪、すさまじく礼儀正しい天使と緑の瞳に黄金の髪のおそろしく口も態度も悪い天使、そして黒い天使。３人の破天荒な天使たちの想像を絶する物語！

ISBN4-12-500755-1 C0293　900円

カバーイラスト　鈴木理華

---

クラッシュ・ブレイズ

## 夜の展覧会

茅田砂胡

300年前に描かれたルーファの絵と『まだ見ぬ黄金と翠緑玉の君』に残された遺書。リィはその絵を「おれのものだ」と判断した。しかしこの直後、かの名画が美術館からこつぜんと消失——！

ISBN978-4-12-501001-4 C0293　900円

カバーイラスト　鈴木理華

---

## 天使たちの課外活動６

テオの秘密のレストラン

茅田砂胡

テオドール・ダナー休業のお知らせが突然サイトに掲載された。だが、店の誰もそんなことは知らないのである。リィたちのバイト先に何が起きたのか⁉　待望の書きおろし新作いよいよ登場！

ISBN978-4-12-501378-7 C0293　900円

カバーイラスト　鈴木理華

---

## 女王と海賊の披露宴

海賊と女王の航宙記

茅田砂胡

「鈴木理華画集」に収録された『女王と海賊の披露宴』と、その後の新婚旅行をテーマに書きおろされた『女王と海賊の新婚旅行』の二中篇を収録。

ISBN978-4-12-501405-0 C0293　1000円

カバーイラスト　鈴木理華

---

表示価格には税を含みません